Erste Auflage 1993

Druck: Appl, Wemding. Printed in Germany

Rolf Köhlers

Deutsche Balladen

Von Matthias Claudius
bis Wolf Biermann

Insel Verlag

Inhalt

MATTHIAS CLAUDIUS

Die Geschichte von Goliath und David
in Reime bracht

1.

War einst ein Riese Goliath
Gar ein gefährlich Mann!
Er hatte Tressen auf dem Hut
Mit einem Klunker dran.
Und einen Rock von Drap d'argent
Und alles so nach advenant.

2.

An seinen Schnurrbart sah man nur
Mit Gräsen und mit Graus.
Und dabei sah er von Natur
Pur wie der – aus.
Sein Sarras war, man glaubt es kaum.
So groß schier als ein Weberbaum.

3.

Er hatte Knochen wie ein Gaul.
Und eine freche Stirn.
Und ein entsetzlich großes Maul.
Und nur ein kleines Hirn:
Gab jedem einen Rippenstoß.
Und flunkerte und prahlte groß.

4.

So kam er alle Tage her.
Und sprach Israel Hohn.
»Wer ist der Mann? Wer wagt's mit mir?
Sei Vater oder Sohn.
Er komme her der Lumpenhund.
Ich bax 'n nieder auf den Grund.«

5.

Da kam in seinem Schäferrock
   Ein Jüngling zart und fein;
Er hatte nichts als seinen Stock,
   Als Schleuder und den Stein.
   Und sprach: »Du hast viel Stolz und Wehr,
   Ich komm im Namen Gottes her.«

6.

Und damit schleudert er auf ihn.
   Und traf die Stirne gar;
Da fiel der große Esel hin
   So lang und dick er war.
   Und David haut' in guter Ruh
   Ihm nun den Kopf noch ab dazu.

7.

Trau nicht auf deinen Tressenhut.
   Noch auf den Klinker dran!
Ein großes Maul es auch nicht tut:
   Das lern vom langen Mann;
   Und von dem kleinen lerne wohl:
   Wie man mit Ehren fechten soll.

CHRISTIAN FRIEDRICH
DANIEL SCHUBART

Der kalte Michel

Erzählung

War einst ein deutscher Junker
  Im prächtigen Paris;
Er wollt' sein Geld in Ehren
Und mit Geschmack verzehren
  In Frankreichs Paradies.

Auf einmal blieb der Wechsel
  Ihm allzulange aus,
Er schrieb zwar viel naive
Und wohlgesetzte Briefe,
  Doch keiner kam von Haus.

Des Franzmanns Komplimente
  Die waren jetzt nicht groß;
Nur, die mit vollen Händen
Ihr deutsches Geld verschwenden,
  Sieht gerne der Franzos.

Da war der Junker traurig,
  Und hängt das Mäulchen schief.
Es äugelt ihm itzunder
Vergeblich der Burgunder,
  Er will nur Geld und Brief.

Einst schaut er zu dem Fenster
  Mit dunkelm Blick hinaus;
Schon träumt er von Pistolen,
Von Mord und Teufelholen:
  Da kam sein Knecht von Haus.

Gleich schrie er: »Guter Michel,
  O komm doch 'rauf zu mir!«
Der Michel sprach: »Ihr Gnaden!
Ein Schöpplein könnt' nicht schaden;
  Ich weiß kein Wirtshaus hier.«

Der Kerl war nun im Zimmer;
  Der Junker fragt: »Was Neu's?«
Doch Michel setzt sich nieder,
Labt erst mit Wein die Glieder,
  Dann sagt er, was er weiß.

»Ei, denkt doch, gnäd'ger Herre!
  Der Rabe ist verreckt.
Er hatte wenig Futter,
Auf einmal fraß er Luder,
  Bis er davon verreckt.«

»Wer gab ihm so viel Luder?«
  Frägt Junker schon gerührt.
»Ha! eures Vaters Pferde –
Ihr wißt's, von großem Werthe,
  Die waren halt krepirt.«

»Was, meines Vaters Pferde?«
  »Ha! 's ist ja schon bekannt!
Ihr Gnaden, muß nur sagen,
Vom vielen Wassertragen
  Verreckten sie beim Brand.«

»Was sagst von einem Brande?«
  »Hm! ja in euerm Haus.
'S ist eben kein Mirakel;
Denn, spielt man mit der Fackel,
  So kömmt leicht Feuer aus.«

»Ach Gott! mein Schloß verbrannte?«
  »Ihr Gnaden sagt es gleich.
Mit Fackeln und mit Kerzen
Ist wahrlich nicht zu scherzen,
  Wie bei der Mutter Leich'.«

»Wie, Michel, meine Mutter?«
  »Ja freilich, sie ist todt!
Sie hat sich halt bekümmert,
Und Kümmerniß verschlimmert
  Das Blut, und bringt den Tod.«

»Wer hat sie denn bekümmert?«
»Ihr Vater, wie man sagt.
Der hat vor sieben Wochen
Halt das Genick gebrochen,
Und zwar auf einer Jagd.«

Der Junker sich den Schädel
Mit beiden Fäusten schlug –
»Wär' ich doch nie geboren!
Ha! alles ist verloren!
Verdammter Hund, genug!«

»Ist nicht so arg«, sprach Michel,
»Was braucht's des Lärmens da?
Ich schwömm', bei meiner Ehre,
Gleich itzo auf dem Meere
Fort nach Amerika.«

Und mir nichts, dir nichts, plötzlich
Floh er mit ihm davon.
Europa bleibt zurücke,
Sie machen bald ihr Glücke
Beim großen Washington.

JOHANN GOTTFRIED HERDER

Edward, Edward

a Scottish Ballad

Wie tut dein Schwert so triefen mit Blut,
Edward, Edward?
Wie tut dein Schwert so triefen mit Blut?
und gehst so traurig her – o!

O, ich hab erschlagen mein'n Geir so gut
Mutter, Mutter:
O, ich hab erschlagen mein'n Geir so gut
und kein'n hatt' ich wie Er – o!

Deins Geiers Blut war nimmer so rot,
Edward, Edward.
Deins Geiers Blut war nimmer so rot,
mein Sohn, das sag ich dir – o!

O, ich hab schlagen mein rot Roß tod
Mutter, Mutter:
O, ich hab schlagen mein rot Roß tod
so stolz und treu einst mir! – o!

Dein Roß war alt und hast noch mehr
Edward, Edward:
Dein Roß war alt und hast noch mehr
was anders das schmerzt dir – o!

O, ich hab erschlagen mein'n Vater teur
Mutter, Mutter:
O, ich hab erschlagen mein'n Vater teur
ach! ach! und weh ist mir – o!

Und was dafür willst nun an dir tun?
Edward, Edward?
Und was dafür willst nun an dir tun?
Mein Sohn entdeck mir mehr – o!

Auf Erd soll nimmer mein Fuß mehr ruhn
Mutter, Mutter:
Auf Erd soll nimmer mein Fuß mehr ruhn,
will gehn dort über Meer – o!

Und was soll werd'n dein Hof und Hall
Edward, Edward?
Und was soll werd'n dein Hof und Hall?
einst anzuschaun so schön – o!

'Laß all's da stehn, bis 's sink und fall
Mutter, Mutter:
'laß all's da stehn, bis 's sink und fall
mags nimmer, nimmer es sehn – o!

Und was willt lassen dein'm Weib und Kind
Edward, Edward?
Und was willt lassen dein'm Weib und Kind?
wann du gehst über Meer – o!

Die Welt ist Raum! laß s' bettlen drinn
Mutter, Mutter:
Die Welt ist Raum! laß s' bettlen drinn
seh nimmer, nimmer sie mehr – o!

Und was willt lassen deiner Mutter teur
Edward, Edward?
Und was willt lassen deiner Mutter teur
mein Sohn o sprich doch mir – o!

Fluch will ich euch lassen und höllisch Feur
Mutter, Mutter:
Fluch will ich euch lassen und höllisch Feur
denn Ihr, Ihr rietets mir – o!

GOTTFRIED AUGUST BÜRGER

Das Lied vom braven Manne

Hoch klingt das Lied vom braven Mann,
Wie Orgelton und Glockenklang.
Wer hohen Muts sich rühmen kann,
Den lohnt nicht Gold, den lohnt Gesang.
Gottlob! daß ich singen und preisen kann:
Zu singen und preisen den braven Mann.

Der Tauwind kam vom Mittagsmeer,
Und schnob durch Welschland, trüb' und feucht.
Die Wolken flogen vor ihm her,
Wie wann der Wolf die Herde scheucht.
Er fegte die Felder; zerbrach den Forst!
Auf Seen und Strömen des Grundeis borst.

Am Hochgebirge schmolz der Schnee;
Der Sturz von tausend Wassern scholl;
Das Wiesental begrub ein See;
Des Landes Heerstrom wuchs und schwoll;
Hoch rollten die Wogen, entlang ihr Gleis,
Und rollten gewaltige Felsen Eis.

Auf Pfeilern und auf Bogen schwer,
Aus Quaderstein von unten auf,
Lag eine Brücke drüber her;
Und mitten stand ein Häuschen drauf,
Hier wohnte der Zöllner, mit Weib und Kind. –
»O Zöllner! o Zöllner! Entfleuch geschwind.«

Es dröhnt' und dröhnte dumpf heran,
Laut heulten Sturm und Wog' ums Haus.
Der Zöllner sprang zum Dach hinan,
Und blickt' in den Tumult hinaus. –
»Barmherziger Himmel! Erbarme dich!
Verloren! Verloren! Wer rettet mich?« –

Die Schollen rollten, Schuß auf Schuß,
Von beiden Ufern, hier und dort,
Von beiden Ufern riß der Fluß
Die Pfeiler samt den Bogen fort.
Der bebende Zöllner, mit Weib und Kind,
Er heulte noch lauter, als Strom und Wind.

Die Schollen rollten, Stoß auf Stoß,
An beiden Enden, hier und dort,
Zerborsten und zertrümmert, schoß
Ein Pfeiler nach dem andern fort.
Bald nahte der Mitte der Umsturz sich. –
»Barmherziger Himmel! Erbarme dich!« –

Hoch auf dem fernen Ufer stand
Ein Schwarm von Gaffern, groß und klein;
Und jeder schrie und rang die Hand,
Doch mochte niemand Retter sein.
Der bebende Zöllner, mit Weib und Kind,
Durchheulte nach Rettung den Strom und Wind. –

Wann klingst du, Lied vom braven Mann,
Wie Orgelton und Glockenklang?
Wohlan! So nenn' ihn, nenn' ihn dann!
Wann nennst du ihn, mein schönster Sang?
Bald nahet der Mitte der Umsturz sich,
O braver Mann! braver Mann! zeige dich!

Rasch galoppiert' ein Graf hervor,
Auf hohem Roß ein edler Graf.
Was hielt des Grafen Hand empor?
Ein Beutel war es, voll und straff. –
»Zweihundert Pistolen sind zugesagt
Dem, welcher die Rettung der Armen wagt.«

Wer ist der Brave? Ist's der Graf?
Sag an, mein braver Sang, sag an! –
Der Graf, beim höchsten Gott! war brav!
Doch weiß ich einen bravern Mann. –
O braver Mann! braver Mann! Zeige dich!
Schon naht das Verderben sich fürchterlich. –

Und immer höher schwoll die Flut;
Und immer lauter schnob der Wind;
Und immer tiefer sank der Mut. –
O Retter! Retter! Komm geschwind! –
Stets Pfeiler bei Pfeiler zerborst und brach.
Laut krachten und stürzten die Bogen nach.

»Hallo! Hallo! Frisch auf gewagt!«
Hoch hielt der Graf den Preis empor.
Ein jeder hört's doch jeder zagt,
Aus Tausenden tritt keiner vor.
Vergebens durchheulte, mit Weib und Kind,
Der Zöllner nach Rettung den Strom und Wind. –

Sieh, schlecht und recht, ein Bauersmann
Am Wanderstabe schritt daher,
Mit grobem Kittel angetan,
An Wuchs und Antlitz hoch und hehr.
Er hörte den Grafen; vernahm sein Wort;
Und schaute das nahe Verderben dort.

Und kühn in Gottes Namen, sprang
Er in den nächsten Fischerkahn;
Trotz Wirbel, Sturm, und Wogendrang,
Kam der Erretter glücklich an:
Doch wehe! der Nachen war allzuklein,
Der Retter von allen zugleich zu sein.

Und dreimal zwang er seinen Kahn,
Trotz Wirbel, Sturm, und Wogendrang;
Und dreimal kam er glücklich an,
Bis ihm die Rettung ganz gelang.
Kaum kamen die letzten in sichern Port;
So rollte das letzte Getrümmer fort. –

Wer ist, wer ist der brave Mann?
Sag an, sag an, mein braver Sang!
Der Bauer wagt' ein Leben dran:
Doch tat er's wohl um Goldesklang?
Denn spendete nimmer der Graf sein Gut;
So wagte der Bauer vielleicht kein Blut. –

»Hier«, rief der Graf, »mein wackrer Freund!
Hier ist dein Preis! Komm her! Nimm hin!« –
Sag an, war das nicht brav gemeint? –
Bei Gott! der Graf trug hohen Sinn. –
Doch höher und himmlischer, wahrlich! schlug
Das Herz, das der Bauer im Kittel trug.

»Mein Leben ist für Gold nicht feil.
Arm bin ich zwar, doch ess' ich satt.
Dem Zöllner werd' eur Gold zu teil,
Der Hab' und Gut verloren hat!«
So rief er, mit herzlichem Biederton,
Und wandte den Rücken und ging davon. –

Hoch klingst du, Lied vom braven Mann,
Wie Orgelton und Glockenklang!
Wer solches Muts sich rühmen kann,
Den lohnt kein Gold, den lohnt Gesang.
Gottlob! daß ich singen und preisen kann,
Unsterblich zu preisen den braven Mann.

JOHANN WOLFGANG GOETHE

Erlkönig

Wer reitet so spät durch Nacht und Wind?
Es ist der Vater mit seinem Kind;
Er hat den Knaben wohl in dem Arm,
Er faßt ihn sicher, er hält ihn warm.

Mein Sohn, was birgst du so bang dein Gesicht? –
Siehst, Vater, du den Erlkönig nicht?
Den Erlenkönig mit Kron' und Schweif? –
Mein Sohn, es ist ein Nebelstreif. –

»Du liebes Kind, komm, geh mit mir;
Gar schöne Spiele spiel' ich mit dir,
Manch bunte Blumen sind an dem Strand,
Meine Mutter hat manch gülden Gewand.« –

Mein Vater, mein Vater, und hörest du nicht,
Was Erlenkönig mir leise verspricht? –
Sei ruhig, bleibe ruhig, mein Kind;
In dürren Blättern säuselt der Wind. –

»Willst, feiner Knabe, du mit mir gehn?
Meine Töchter sollen dich warten schön:
Meine Töchter führen den nächtlichen Reihn,
Und wiegen und tanzen und singen dich ein.« –

Mein Vater, mein Vater, und siehst du nicht dort
Erlkönigs Töchter am düstern Ort? –
Mein Sohn, mein Sohn, ich seh' es genau;
Es scheinen die alten Weiden so grau. –

»Ich liebe dich, mich reizt deine schöne Gestalt;
Und bist du nicht willig, so brauch' ich Gewalt!« –
Mein Vater, mein Vater, jetzt faßt er mich an!
Erlkönig hat mir ein Leids getan! –

Dem Vater grauset's, er reitet geschwind,
Er hält in Armen das ächzende Kind,
Erreicht den Hof mit Mühe und Not;
In seinen Armen das Kind war tot.

Die wandelnde Glocke

Es war ein Kind, das wollte nie
Zur Kirche sich bequemen
Und Sonntags fand es stets ein Wie,
Den Weg in's Feld zu nehmen.

Die Mutter sprach: Die Glocke tönt,
Und so ist dir's befohlen
Und hast du dich nicht hingewöhnt,
Sie kommt und wird dich holen.

Das Kind es denkt: die Glocke hängt
Da droben auf dem Stuhle.
Schon hat's den Weg ins Feld gelenkt
Als lief es aus der Schule.

Die Glocke Glocke tönt nicht mehr,
Die Mutter hat gefackelt.
Doch welch ein Schrecken! hinterher
Die Glocke kommt gewackelt.

Sie wackelt schnell, man glaubt es kaum,
Das arme Kind im Schrecken
Es lauft, es kommt, als wie im Traum;
Die Glocke wird es decken.

Doch nimmt es richtig seinen Husch
Und mit gewandter Schnelle
Eilt es durch Anger Feld und Busch
Zur Kirche, zur Kapelle.

Und jeden Sonn- und Feiertag
Gedenkt es an den Schaden,
Läßt durch den ersten Glockenschlag,
Nicht in Person sich laden.

Der Totentanz

Der Türmer der schaut zu Mitten der Nacht
Hinab auf die Gräber in Lage;
Der Mond der hat alles in's Helle gebracht;
Der Kirchhof er liegt wie am Tage.
Da regt sich ein Grab und ein anderes dann:
Sie kommen hervor, ein Weib da, ein Mann
In weißen und schleppenden Hemden.

Das reckt nun, es will sich ergetzen sogleich,
Die Knöchel zur Runde, zum Kranze,
So arm und so jung, und so alt und so reich;
Doch hindern die Schleppen am Tanze.
Und weil hier die Scham nun nicht weiter gebeut,
Sie schütteln sich alle, da liegen zerstreut
Die Hemdelein über den Hügeln.

Nun hebt sich der Schenkel, nun wackelt das Bein,
Gebärden da gibt es vertrackte;
Dann klippert's und klappert's mitunter hinein,
Als schlüg' man die Hölzlein zum Takte.
Das kommt nun dem Türmer so lächerlich vor;
Da raunt ihm der Schalk, der Versucher in's Ohr:
Geh! hole dir einen der Laken.

Getan wie gedacht! und er flüchtet sich schnell
Nun hinter geheiligte Türen.
Der Mond und noch immer er scheinet so hell
Zum Tanz, den sie schauderlich führen.
Doch endlich verlieret sich dieser und der,
Schleicht eins nach dem andern gekleidet einher
Und husch ist es unter dem Rasen.

Nur einer der trippelt und stolpert zuletzt
Und tappet und grapst an den Grüften;
Doch hat kein Geselle so schwer ihn verletzt;
Er wittert das Tuch in den Lüften.
Er rüttelt die Turmtür, sie schlägt ihn zurück
Geziert und gesegnet, dem Türmer zum Glück;
Sie blinkt von metallenen Kreuzen.

Das Hemd muß er haben, da rastet er nicht,
Da gilt auch kein langes Besinnen,
Den gotischen Zierat ergreift nun der Wicht
Und klettert von Zinne zu Zinnen.
Nun ist's um den armen, den Türmer getan!
Es ruckt sich von Schnörkel zu Schnörkel hinan,
Langbeinigen Spinnen vergleichbar.

Der Türmer erbleichet, der Türmer erbebt,
Gern gäb' er ihn wieder, den Laken.
Da häckelt – jetzt hat er am längsten gelebt –
Den Zipfel ein eiserner Zacken.
Schon trübet der Mond sich, verschwindenden Scheins,
Die Glocke sie donnert ein mächtiges Eins
Und unten zerschellt das Gerippe.

Der Zauberlehrling

Hat der alte Hexenmeister
Sich doch einmal wegbegeben!
Und nun sollen seine Geister
Auch nach meinem Willen leben.
Seine Wort' und Werke
Merkt' ich, und den Brauch,
Und mit Geistesstärke
Tu' ich Wunder auch.

Walle, walle,
Manche Strecke!
Daß, zum Zwecke,
Wasser fließe,
Und mit reichem, vollem Schwalle
Zu dem Bade sich ergieße.

Und nun komm du alter Besen,
Nimm die schlechten Lumpenhüllen!
Bist schon lange Knecht gewesen;
Nun erfülle meinen Willen.

Auf zwei Beinen stehe,
Oben sei ein Kopf.
Eile nun, und gehe
Mit dem Wassertopf!

Walle, walle,
Manche Strecke!
Daß, zum Zwecke,
Wasser fließe,
Und, mit reichem, vollem Schwalle
Zu dem Bade sich ergieße.

Seht, er läuft zum Ufer nieder,
Wahrlich! ist schon an dem Flusse,
Und mit Blitzesschnelle wieder
Ist er hier mit raschem Gusse.
Schon zum zweitenmale!
Wie das Becken schwillt!
Wie sich jede Schale
Voll mit Wasser füllt!

Stehe, stehe!
Denn wir haben
Deiner Gaben
Vollgemessen! –
Ach, ich merk' es! Wehe! wehe!
Hab' ich doch das Wort vergessen!

Ach! das Wort, worauf am Ende
Er das wird, was er gewesen.
Ach! er läuft und bringt behende.
Wärst du doch der alte Besen!
Immer neue Güsse
Bringt er schnell herein,
Ach! und hundert Flüsse
Stürzen auf mich ein.

Nein, nicht länger
Kann ich's lassen;
Will ihn fassen.
Das ist Tücke!
Ach! nun wird mir immer bänger!
Welche Miene! welche Blicke!

O, du Ausgeburt der Hölle!
Soll das ganze Haus ersaufen?
Seh' ich über jede Schwelle
Doch schon Wasserströme laufen.
Ein verruchter Besen,
Der nicht hören will!
Stock, der du gewesen,
Steh doch wieder still!

Willst's am Ende
Gar nicht lassen?
Will dich fassen,
Will dich halten,
Und das alte Holz behende
Mit dem scharfen Beile spalten.

Seht, da kommt er schleppend wieder!
Wie ich mich nur auf dich werfe,
Gleich, o Kobold, liegst du nieder;

Krachend trifft die glatte Schärfe.
Wahrlich! brav getroffen!
Seht, er ist entzwei!
Und nun kann ich hoffen,
Und ich atme frei!

Wehe! wehe!
Beide Teile
Stehn in Eile
Schon als Knechte
Völlig fertig in die Höhe!
Helft mir, ach! ihr hohen Mächte!

Und sie laufen! Naß und nässer
Wird's im Saal und auf den Stufen.
Welch' entsetzliches Gewässer!
Herr und Meister, hör' mich rufen! –
Ach, da kommt der Meister!
Herr, die Not ist groß!
Die ich rief, die Geister,
Werd' ich nun nicht los.

»In die Ecke
Besen! Besen!
Seid's gewesen.
Denn als Geister
Ruft euch nur, zu seinem Zwecke,
Erst hervor der alte Meister.«

JAKOB MICHAEL REINHOLD LENZ

Piramus und Thisbe

Der junge Piramus in Babel
Hatt in der Wand
Sich nach und nach mit einer heißen Gabel
Ein Loch gebrannt.

Hart an der Wand da schlief sein Liebchen
Die Thisbe hieß
Und ihr Papa auf ihrem Stübchen
Verderben ließ.

Die Liebe geht so wie Gespenster
Durch Holz und Stein.
Sie machten sich ein kleines Fenster
Für ihre Pein.

Da hieß es, liebst du mich? da schallte:
Wie lieb ich dich!
Sie küßten stundenlang die Spalte
Und meinten sich.

Geraumer ward sie jede Stunde
Und manchen Kuß
Erreichte schon von Thisbens Munde
Herr Piramus.

In einer Nacht, da Mond und Sterne
Vom Himmel sahn,
Da hätten sie die Wand so gerne
Beiseits getan.

Ach Thisbe! weint er; sie zurücke:
Ach Piramus!
Besteht denn unser ganzes Glücke
In einem Kuß?

Sie sprach: ich will mit einer Gabe,
Als wär' ich fromm,
Hinaus bei Nacht zu Nini Grabe,
Alsdann so komm!

Dies darf mir der Papa nicht wehren,
Dann spute dich.
Du wirst mich eifrig beten hören,
Und tröste mich.

Ein Mann ein Wort! Auf einem Beine
Sprang er vor Lust:
Auf morgen Nacht da küß' ich deine
Geliebte Brust.

Sie, Opferkuchen bei sich habend,
Trippt durch den Hain,
Schneeweiß gekleid't, den andern Abend
Im Mondenschein.

Da fährt ein Löwe aus den Hecken,
Ganz ungewohnt,
Er brüllt so laut: sie wird vor Schrecken
Bleich wie der Mond.

Ha, zitternd warf sie mit dem Schleier
Den Korb ins Gras
Und lief, indem das Ungeheuer
Die Kuchen aß.

Kaum war es fort, so mißt ein Knabe
Mit leichtem Schritt
Denselben Weg zu Nini Grabe –
Der rückwärts tritt,

Als hätt' ein Donner ihn erschossen:
Den Löwen weit –
Und weiß im Grase hingegossen
Der Thisbe Kleid. –

Plump fällt er hin im Mondenlichte:
So fällt vom Sturm
Mit unbeholfenem Gewichte
Ein alter Turm.

O Thisbe, so bewegen leise
Die Lippen sich,
O Thisbe, zu des Löwen Speise
Da schick' ich mich.

Zu hören meine treuen Schwüre
Warst du gewohnt;
Sei Zeuge wie ich sie vollführe,
Du falscher Mond!

Die kalte Hand fuhr nach dem Degen
Und dann durchs Herz.
Der Mond fing an sich zu bewegen
Vor Leid und Schmerz.

Ihn suchte Zephir zu erfrischen
Umsonst bemüht.
Die Vögel sangen aus den Büschen
Sein Totenlied.

Schnell lauschte Thisbe durch die Blätter
Und sah das Gras,
Wie unter einem Donnerwetter,
Von Purpur naß.

O Gott, wie pochte da so heftig
Ihr kleines Herz!
Das braune Haupthaar ward geschäftig,
Stieg himmelwärts.

Sie flog – Hier zieht, ihr blassen Musen,
Den Vorhang zu!
Dahinter ruht sie, Stahl im Busen:
O herbe Ruh!

Der Mond vergaß sie zu bescheinen,
Von Schrecken blind.
Der Himmel selbst fing an zu weinen
Als wie ein Kind.

Man sagt vom Löwen, sein Gewissen
Hab' ihn erschreckt,
Er habe sich zu ihren Füßen
Lang hingestreckt.

O nehmt, was euch ein Beispiel lehret,
Ihr Alten, wahr!
Nehmt euch in acht, ihr Alten! störet
Kein liebend Paar.

FRIEDRICH SCHILLER

Der Taucher

Ballade

»Wer wagt es, Rittersmann oder Knapp,
Zu tauchen in diesen Schlund?
Einen goldnen Becher werf ich hinab,
Verschlungen schon hat ihn der schwarze Mund.
Wer mir den Becher kann wieder zeigen,
Er mag ihn behalten, er ist sein eigen.«

Der König sprach es, und wirft von der Höh
Der Klippe, die schroff und steil
Hinaushängt in die unendliche See,
Den Becher in der *Charybde* Geheul.
»Wer ist der Beherzte, ich frage wieder,
Zu tauchen in diese Tiefe nieder?«

Und die Ritter, die Knappen um ihn her,
Vernehmen's und schweigen still,
Sehen hinab in das wilde Meer,
Und keiner den Becher gewinnen will.
Und der König zum drittenmal wieder fraget:
»Ist keiner, der sich hinunterwaget?«

Doch alles noch stumm bleibt wie zuvor,
Und ein Edelknecht, sanft und keck,
Tritt aus der Knappen zagendem Chor,
Und den Gürtel wirft er, den Mantel weg,
Und alle die Männer umher und Frauen
Auf den herrlichen Jüngling verwundert schauen.

Und wie er tritt an des Felsen Hang,
Und blickt in den Schlund hinab,
Die Wasser, die sie hinunterschlang,
Die Charybde jetzt brüllend wiedergab,
Und wie mit des fernen Donners Getose
Entstürzen sie schäumend dem finstern Schoße.

Und es wallet und siedet und brauset und zischt,
Wie wenn Wasser mit Feuer sich mengt,
Bis zum Himmel sprützet der dampfende Gischt,
Und Flut auf Flut sich ohn Ende drängt,
Und will sich nimmer erschöpfen und leeren,
Als wollte das Meer noch ein Meer gebären.

Doch endlich, da legt sich die wilde Gewalt,
Und schwarz aus dem weißen Schaum
Klafft hinunter ein gähnender Spalt,
Grundlos, als ging's in den Höllenraum,
Und reißend sieht man die brandenden Wogen
Hinab in den strudelnden Trichter gezogen.

Jetzt schnell, eh die Brandung zurücke kehrt,
Der Jüngling sich Gott befiehlt,
Und – ein Schrei des Entsetzens wird rings gehört,
Und schon hat ihn der Wirbel hinweggespült,
Und geheimnisvoll über dem kühnen Schwimmer
Schließt sich der Rachen, er zeigt sich nimmer.

Und stille wird's über dem Wasserschlund,
In der Tiefe nur brauset es hohl,
Und bebend hört man von Mund zu Mund:
»Hochherziger Jüngling, fahre wohl!«
Und hohler und hohler hört man's heulen,
Und es harrt noch mit bangem, mit schrecklichem Weilen.

Und wärfst du die Krone selber hinein,
Und sprächst: Wer mir bringet die Kron,
Er soll sie tragen und König sein,
Mich gelüstete nicht nach dem teuren Lohn,
Was die heulende Tiefe da unten verhehle,
Das erzählt keine lebende glückliche Seele.

Wohl manches Fahrzeug, vom Strudel gefaßt,
Schoß gäh in die Tiefe hinab,
Doch zerschmettert nur rangen sich Kiel und Mast
Hervor aus dem alles verschlingenden Grab.
Und heller und heller wie Sturmes Sausen
Hört man's näher und immer näher brausen.

Und es wallet und siedet und brauset und zischt,
Wie wenn Wasser mit Feuer sich mengt,
Bis zum Himmel sprützet der dampfende Gischt,
Und Well auf Well sich ohn Ende drängt,
Und wie mit des fernen Donners Getose
Entstürzt es brüllend dem finstern Schoße.

Und sieh! aus dem finster flutenden Schoß
Da hebet sich's schwanenweiß,
Und ein Arm und ein glänzender Nacken wird bloß,
Und es rudert mit Kraft und mit emsigem Fleiß,
Und er ist's, und hoch in seiner Linken
Schwingt er den Becher mit freudigem Winken.

Und atmete lang und atmete tief,
Und begrüßte das himmlische Licht.
Mit Frohlocken es einer dem andern rief:
»Er lebt! Er ist da! Es behielt ihn nicht.
Aus dem Grab, aus der strudelnden Wasserhöhle
Hat der Brave gerettet die lebende Seele.«

Und er kommt, es umringt ihn die jubelnde Schar,
Zu des Königs Füßen er sinkt,
Den Becher reicht er ihm knieend dar,
Und der König der lieblichen Tochter winkt,
Die füllt ihn mit funkelndem Wein bis zum Rande,
Und der Jüngling sich also zum König wandte:

»Lang lebe der König! Es freue sich,
Wer da atmet im rosichten Licht.
Da unten aber ist's fürchterlich,
Und der Mensch versuche die Götter nicht,
Und begehre nimmer und nimmer zu schauen,
Was sie gnädig bedecken mit Nacht und Grauen.

Es riß mich hinunter blitzesschnell,
Da stürzt' mir aus felsichtem Schacht
Wildflutend entgegen ein reißender Quell,
Mich packte des Doppelstroms wütende Macht,
Und wie einen Kreisel mit schwindelndem Drehen
Trieb mich's um, ich konnte nicht widerstehen.

Da zeigte mir Gott, zu dem ich rief,
In der höchsten schrecklichen Not,
Aus der Tiefe ragend ein Felsenriff,
Das erfaßt ich behend und entrann dem Tod,
Und da hing auch der Becher an spitzen Korallen,
Sonst wär er ins Bodenlose gefallen.

Denn unter mir lag's noch, bergetief,
In purpurner Finsternis da,
Und ob's hier dem Ohre gleich ewig schlief,
Das Auge mit Schaudern hinuntersah,
Wie's von Salamandern und Molchen und Drachen
Sich regte in dem furchtbaren Höllenrachen.

Schwarz wimmelten da, in grausem Gemisch
Zu scheußlichen Klumpen geballt,
Der stachlichte Roche, der Klippenfisch,
Des Hammers greuliche Ungestalt,
Und dräuend wies mir die grimmigen Zähne
Der entsetzliche Hai, des Meeres Hyäne.

Und da hing ich und war mir's mit Grausen bewußt,
Von der menschlichen Hülfe so weit,
Unter Larven die einzige fühlende Brust,
Allein in der gräßlichen Einsamkeit,
Tief unter dem Schall der menschlichen Rede
Bei den Ungeheuern der traurigen Öde.

Und schaudernd dacht ich's, da kroch's heran,
Regte hundert Gelenke zugleich,
Will schnappen nach mir, in des Schreckens Wahn
Laß ich los der Koralle umklammerten Zweig,
Gleich faßt mich der Strudel mit rasendem Toben,
Doch es war mir zum Heil, er riß mich nach oben.«

Der König darob sich verwundert schier,
Und spricht: »Der Becher ist dein,
Und diesen Ring noch bestimm ich dir,
Geschmückt mit dem köstlichsten Edelgestein,
Versuchst du's noch einmal und bringst mir Kunde,
Was du sahst auf des Meers tiefunterstem Grunde?«

Das hörte die Tochter mit weichem Gefühl,
Und mit schmeichelndem Munde sie fleht:
»Laßt, Vater, genug sein das grausame Spiel,
Er hat Euch bestanden, was keiner besteht,
Und könnt Ihr des Herzens Gelüsten nicht zähmen,
So mögen die Ritter den Knappen beschämen.«

Drauf der König greift nach dem Becher schnell,
In den Strudel ihn schleudert hinein:
»Und schaffst du den Becher mir wieder zur Stell,
So sollst du der trefflichste Ritter mir sein,
Und sollst sie als Ehgemahl heut noch umarmen,
Die jetzt für dich bittet mit zartem Erbarmen.«

Da ergreift's ihm die Seele mit Himmelsgewalt,
Und es blitzt aus den Augen ihm kühn,
Und er siehet erröten die schöne Gestalt,
Und sieht sie erbleichen und sinken hin,
Da treibt's ihn, den köstlichen Preis zu erwerben,
Und stürzt hinunter auf Leben und Sterben.

Wohl hört man die Brandung, wohl kehrt sie zurück,
Sie verkündigt der donnernde Schall,
Da bückt sich's hinunter mit liebendem Blick,
Es kommen, es kommen die Wasser all,
Sie rauschen herauf, sie rauschen nieder,
Den Jüngling bringt keines wieder.

Der Ring des Polykrates

Er stand auf seines Daches Zinnen,
Er schaute mit vergnügten Sinnen
Auf das beherrschte Samos hin.
»Dies alles ist mir untertänig«,
Begann er zu Ägyptens König,
»Gestehe, daß ich glücklich bin.«

»Du hast der Götter Gunst erfahren!
Die vormals deinesgleichen waren,
Sie zwingt jetzt deines Zepters Macht.
Doch einer lebt noch, sie zu rächen,
Dich kann mein Mund nicht glücklich sprechen,
Solang des Feindes Auge wacht.«

Und eh der König noch geendet,
Da stellt sich, von Milet gesendet,
Ein Bote dem Tyrannen dar:
»Laß, Herr, des Opfers Düfte steigen,
Und mit des Lorbeers muntern Zweigen
Bekränze dir dein festlich Haar.

Getroffen sank dein Feind vom Speere,
Mich sendet mit der frohen Märe
Dein treuer Feldherr Polydor.«
Und nimmt aus einem schwarzen Becken,
Noch blutig, zu der beiden Schrecken,
Ein wohlbekanntes Haupt hervor.

Der König tritt zurück mit Grauen:
»Doch warn ich dich, dem Glück zu trauen«,
Versetzt er mit besorgtem Blick.
»Bedenk, auf ungetreuen Wellen,
Wie leicht kann sie der Sturm zerschellen,
Schwimmt deiner Flotte zweifelnd Glück.«

Und eh er noch das Wort gesprochen,
Hat ihn der Jubel unterbrochen,
Der von der Reede jauchzend schallt.
Mit fremden Schätzen reich beladen,
Kehrt zu den heimischen Gestaden
Der Schiffe mastenreicher Wald.

Der königliche Gast erstaunet:
»Dein Glück ist heute gut gelaunet,
Doch fürchte seinen Unbestand.
Der Sparter nie besiegte Scharen
Bedräuen dich mit Kriegsgefahren,
Schon nahe sind sie diesem Strand.«

Und eh ihm noch das Wort entfallen,
Da sieht man's von den Schiffen wallen,
Und tausend Stimmen rufen: »Sieg!
Von Feindesnot sind wir befreiet,
Die Sparter hat der Sturm zerstreuet,
Vorbei, geendet ist der Krieg.«

Das hört der Gastfreund mit Entsetzen:
»Fürwahr, ich muß dich glücklich schätzen,
Doch«, spricht er, »zittr ich für dein Heil!
Mir grauet vor der Götter Neide,
Des Lebens ungemischte Freude
Ward keinem Irdischen zuteil.

Auch mir ist alles wohlgeraten,
Bei allen meinen Herrschertaten
Begleitet mich des Himmels Huld,
Doch hatt ich einen teuren Erben,
Den nahm mir Gott, ich sah ihn sterben,
Dem Glück bezahlt ich meine Schuld.

Drum, willst du dich vor Leid bewahren,
So flehe zu den Unsichtbaren,
Daß sie zum Glück den Schmerz verleihn.
Noch keinen sah ich fröhlich enden,
Auf den mit immer vollen Händen
Die Götter ihre Gaben streun.

Und wenn's die Götter nicht gewähren,
So acht auf eines Freundes Lehren,
Und rufe selbst das Unglück her,
Und was von allen deinen Schätzen
Dein Herz am höchsten mag ergetzen,
Das nimm und wirf's in dieses Meer.«

Und jener spricht, von Furcht beweget:
»Von allem, was die Insel heget,
Ist dieser Ring mein höchstes Gut.
Ihn will ich den Erinnen weihen,
Ob sie mein Glück mir dann verzeihen«,
Und wirft das Kleinod in die Flut.

Und bei des nächsten Morgens Lichte,
Da tritt mit fröhlichem Gesichte
Ein Fischer vor den Fürsten hin:
»Herr, diesen Fisch hab ich gefangen,
Wie keiner noch ins Netz gegangen,
Dir zum Geschenke bring ich ihn.«

Und als der Koch den Fisch zerteilet,
Herbei der Koch erschrocken eilet,
Und ruft mit hocherstauntem Blick:
»Sieh, Herr, den Ring, den du getragen,
Ihn fand ich in des Fisches Magen,
O ohne Grenzen ist dein Glück!«

Hier wendet sich der Gast mit Grausen:
»So kann ich hier nicht ferner hausen,
Mein Freund kannst du nicht weiter sein,
Die Götter wollen dein Verderben,
Fort eil ich, nicht mit dir zu sterben.«
Und sprach's und schiffte schnell sich ein.

Die Kraniche des Ibykus

Zum Kampf der Wagen und Gesänge,
Der auf Korinthus' Landesenge
Der Griechen Stämme froh vereint,
Zog Ibykus, der Götterfreund.
Ihm schenkte des Gesanges Gabe,
Der Lieder süßen Mund Apoll,
So wandert er, an leichtem Stabe,
Aus Rhegium, des Gottes voll.

Schon winkt auf hohem Bergesrücken
Akrokorinth des Wandrers Blicken,
Und in Poseidons Fichtenhain
Tritt er mit frommem Schauder ein.
Nichts regt sich um ihn her, nur Schwärme
Von Kranichen begleiten ihn,
Die fernhin nach des Südens Wärme
In graulichtem Geschwader ziehn.

»Seid mir gegrüßt, befreundte Scharen!
Die mir zur See Begleiter waren.
Zum guten Zeichen nehm ich euch,
Mein Los, es ist dem euren gleich.
Von fernher kommen wir gezogen,
Und flehen um ein wirtlich Dach.
Sei uns der Gastliche gewogen,
Der von dem Fremdling wehrt die Schmach!«

Und munter fördert er die Schritte,
Und sieht sich in des Waldes Mitte,
Da sperren, auf gedrangem Steg,
Zwei Mörder plötzlich seinen Weg.
Zum Kampfe muß er sich bereiten,
Doch bald ermattet sinkt die Hand,
Sie hat der Leier zarte Saiten,
Doch nie des Bogens Kraft gespannt.

Er ruft die Menschen an, die Götter,
Sein Flehen dringt zu keinem Retter,
Wie weit er auch die Stimme schickt,
Nichts Lebendes wird hier erblickt.

»So muß ich hier verlassen sterben,
Auf fremdem Boden, unbeweint,
Durch böser Buben Hand verderben,
Wo auch kein Rächer mir erscheint!«

Und schwer getroffen sinkt er nieder,
Da rauscht der Kraniche Gefieder,
Er hört, schon kann er nicht mehr sehn,
Die nahen Stimmen furchtbar krähn.
»Von euch, ihr Kraniche dort oben!
Wenn keine andre Stimme spricht,
Sei meines Mordes Klag erhoben!«
Er ruft es, und sein Auge bricht.

Der nackte Leichnam wird gefunden,
Und bald, obgleich entstellt von Wunden,
Erkennt der Gastfreund in Korinth
Die Züge, die ihm teuer sind.
»Und muß ich so dich wiederfinden,
Und hoffte mit der Fichte Kranz
Des Sängers Schläfe zu umwinden,
Bestrahlt von seines Ruhmes Glanz!«

Und jammernd hören's alle Gäste,
Versammelt bei Neptunus' Feste,
Ganz Griechenland ergreift der Schmerz,
Verloren hat ihn jedes Herz,
Und stürmend drängt sich zum Prytanen
Das Volk, es fodert seine Wut,
Zur rächen des Erschlagnen Manen,
Zu sühnen mit des Mörders Blut.

Doch wo die Spur, die aus der Menge,
Der Völker flutendem Gedränge,
Gelocket von der Spiele Pracht,
Den schwarzen Täter kenntlich macht?
Sind's Räuber, die ihn feig erschlagen?
Tat's neidisch ein verborgner Feind?
Nur Helios vermag's zu sagen,
Der alles Irdische bescheint!

Er geht vielleicht, mit frechem Schritte,
Jetzt eben durch der Griechen Mitte,
Und während ihn die Rache sucht,
Genießt er seines Frevels Frucht.
Auf ihres eignen Tempels Schwelle
Trotzt er vielleicht den Göttern, mengt
Sich dreist in jene Menschenwelle,
Die dort sich zum *Theater* drängt.

Denn Bank an Bank gedränget sitzen,
Es brechen fast der Bühne Stützen,
Herbeigeströmt von fern und nah,
Der Griechen Völker wartend da,
Dumpfbrausend wie des Meeres Wogen,
Von Menschen wimmelnd wächst der Bau,
In weiter stets geschweiftem Bogen
Hinauf bis in des Himmels Blau.

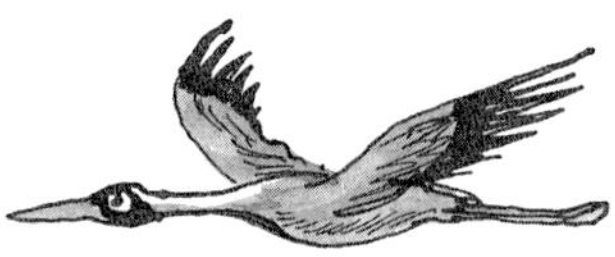

Wer zählt die Völker, nennt die Namen,
Die gastlich hier zusammenkamen?
Von Theseus' Stadt, von Aulis' Strand,
Von Phokis, vom Spartanerland,
Von Asiens entlegner Küste,
Von allen Inseln kamen sie,
Und horchen von dem Schaugerüste
Des *Chores* grauser Melodie –

Der streng und ernst, nach alter Sitte,
Mit langsam abgemeßnem Schritte,
Hervortritt aus dem Hintergrund,
Umwandelnd des Theaters Rund.
So schreiten keine ird'schen Weiber,
Die zeugete kein sterblich Haus!
Es steigt das Riesenmaß der Leiber
Hoch über menschliches hinaus.

Ein schwarzer Mantel schlägt die Lenden,
Sie schwingen in entfleischten Händen
Der Fackel düsterrote Glut,
In ihren Wangen fließt kein Blut.
Und wo die Haare lieblich flattern,
Um Menschenstirnen freundlich wehn,

Da sieht man Schlangen hier und Nattern
Die giftgeschwollnen Bäuche blähn.

Und schauerlich gedreht im Kreise,
Beginnen sie des *Hymnus* Weise,
Der durch das Herz zerreißend dringt,
Die Bande um den Sünder schlingt.
Besinnungraubend, herzbetörend
Schallt der Erinnyen Gesang,
Er schallt, des Hörers Mark verzehrend,
Und duldet nicht der Leier Klang.

»Wohl dem, der frei von Schuld und Fehle
Bewahrt die kindlich reine Seele!
Ihm dürfen wir nicht rächend nahn,
Er wandelt frei des Lebens Bahn.
Doch wehe, wehe, wer verstohlen
Des Mordes schwere Tat vollbracht,
Wir heften uns an seine Sohlen,
Das furchtbare Geschlecht der Nacht!

Und glaubt er fliehend zu entspringen,
Geflügelt sind wir da, die Schlingen
Ihm werfend um den flücht'gen Fuß,
Daß er zu Boden fallen muß.
So jagen wir ihn, ohn Ermatten,
Versöhnen kann uns keine Reu,
Ihn fort und fort bis zu den Schatten,
Und geben ihn auch dort nicht frei.«

So singend tanzen sie den Reigen,
Und Stille wie des Todes Schweigen,
Liegt überm ganzen Hause schwer,
Als ob die Gottheit nahe wär.
Und feierlich, nach alter Sitte
Umwandelnd des Theaters Rund,
Mit langsam abgemeßnem Schritte,
Verschwinden sie im Hintergrund.

Und zwischen Trug und Wahrheit schwebet
Noch zweifelnd jede Brust und bebet,
Und huldiget der furchtbarn Macht,

Die richtend im Verborgnen wacht,
Die unerforschlich, unergründet,
Des Schicksals dunkeln Knäuel flicht,
Dem tiefen Herzen sich verkündet,
Doch fliehet vor dem Sonnenlicht.

Da hört man auf den höchsten Stufen
Auf einmal eine Stimme rufen:
»Sieh da! Sieh da, Timotheus,
Die Kraniche des Ibykus!« –
Und finster plötzlich wird der Himmel,
Und über dem Theater hin
Sieht man, in schwärzlichtem Gewimmel,
Ein Kranichheer vorüberziehn.

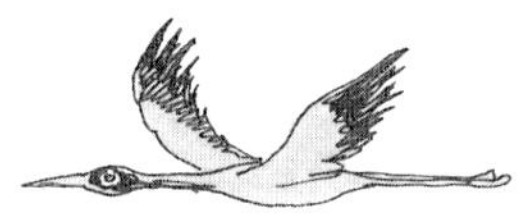

»Des Ibykus!« Der teure Name
Rührt jede Brust mit neuem Grame,
Und, wie im Meere Well auf Well,
So läuft's von Mund zu Munde schnell:
»Des Ibykus, den wir beweinen,
Den eine Mörderhand erschlug!
Was ist's mit dem? Was kann er meinen?
Was ist's mit diesem Kranichzug?« –

Und lauter immer wird die Frage,
Und ahnend fliegt's, mit Blitzesschlage,
Durch alle Herzen. »Gebet acht!
Das ist der Eumeniden Macht!
Der fromme Dichter wird gerochen,
Der Mörder bietet selbst sich dar.
Ergreift ihn, der das Wort gesprochen,
Und ihn, an den's gerichtet war.«

Doch dem war kaum das Wort entfahren,
Möcht er's im Busen gern bewahren;
Umsonst, der schreckenbleiche Mund
Macht schnell die Schuldbewußten kund.
Man reißt und schleppt sie vor den Richter;
Die Szene wird zum Tribunal,
Und es gestehn die Bösewichter,
Getroffen von der Rache Strahl.

Das Lied von der Glocke

Vivos voco
Mortuos plango
Fulgura frango

Fest gemauert in der Erden
Steht die Form, aus Lehm gebrannt.
Heute muß die Glocke werden,
Frisch, Gesellen! seid zur Hand.
Von der Stirne heiß
Rinnen muß der Schweiß,
Soll das Werk den Meister loben,
Doch der Segen kommt von oben.

Zum Werke, das wir ernst bereiten,
Geziemt sich wohl ein ernstes Wort;
Wenn gute Reden sie begleiten,
Dann fließt die Arbeit munter fort.
So laßt uns jetzt mit Fleiß betrachten,
Was durch die schwache Kraft entspringt,
Den schlechten Mann muß man verachten,
Der nie bedacht, was er vollbringt.
Das ist's ja, was den Menschen zieret,
Und dazu ward ihm der Verstand,
Daß er im innern Herzen spüret,
Was er erschafft mit seiner Hand.

Nehmet Holz vom Fichtenstamme,
Doch recht trocken laßt es sein,
Daß die eingepreßte Flamme
Schlage zu dem Schwalch hinein.
Kocht des Kupfers Brei,
Schnell das Zinn herbei,
Daß die zähe Glockenspeise
Fließe nach der rechten Weise.

Was in des Dammes tiefer Grube
Die Hand mit Feuers Hilfe baut,
Hoch auf des Turmes Glockenstube,
Da wird es von uns zeugen laut.
Noch dauern wird's in späten Tagen

Und rühren vieler Menschen Ohr,
Und wird mit dem Betrübten klagen,
Und stimmen zu der Andacht Chor.
Was unten tief dem Erdensohne
Das wechselnde Verhängnis bringt,
Das schlägt an die metallne Krone,
Die es erbaulich weiterklingt.

  Weiße Blasen seh ich springen,
  Wohl! die Massen sind im Fluß.
  Laßt's mit Aschensalz durchdringen,
  Das befördert schnell den Guß.
    Auch von Schaume rein
    Muß die Mischung sein,
  Daß vom reinlichen Metalle
  Rein und voll die Stimme schalle.

Denn mit der Freude Feierklange
Begrüßt sie das geliebte Kind
Auf seines Lebens erstem Gange,
Den es in Schlafes Arm beginnt;
Ihm ruhen noch im Zeitenschoße
Die schwarzen und die heitern Lose,
Der Mutterliebe zarte Sorgen
Bewachen seinen goldnen Morgen –
Die Jahre fliehen pfeilgeschwind.
Vom Mädchen reißt sich stolz der Knabe,
Er stürmt ins Leben wild hinaus,
Durchmißt die Welt am Wanderstabe,
Fremd kehrt er heim ins Vaterhaus,
Und herrlich, in der Jugend Prangen,
Wie ein Gebild aus Himmels Höhn,
Mit züchtigen, verschämten Wangen
Sieht er die Jungfrau vor sich stehn.
Da faßt ein namenloses Sehnen
Des Jünglings Herz, er irrt allein,
Aus seinen Augen brechen Tränen,
Er flieht der Brüder wilden Reihn.
Errötend folgt er ihren Spuren,
Und ist von ihrem Gruß beglückt;
Das Schönste sucht er auf den Fluren,
Womit er seine Liebe schmückt.

Oh! zarte Sehnsucht, süßes Hoffen,
Der ersten Liebe goldne Zeit,
Das Auge sieht den Himmel offen,
Es schwelgt das Herz in Seligkeit,
Oh! daß sie ewig grünen bliebe,
Die schöne Zeit der jungen Liebe!

Wie sich schon die Pfeifen bräunen!
Dieses Stäbchen tauch ich ein,
Sehn wir's überglast erscheinen,
Wird's zum Gusse zeitig sein.
Jetzt, Gesellen, frisch!
Prüft mir das Gemisch,
Ob das Spröde mit dem Weichen
Sich vereint zum guten Zeichen.

Denn wo das Strenge mit dem Zarten,
Wo Starkes sich und Mildes paarten,
Da gibt es einen guten Klang.
Drum prüfe, wer sich ewig bindet,
Ob sich das Herz zum Herzen findet!
Der Wahn ist kurz, die Reu ist lang.
Lieblich in der Bräute Locken
Spielt der jungfräuliche Kranz,
Wenn die hellen Kirchenglocken
Laden zu des Festes Glanz.
Ach! des Lebens schönste Feier
Endigt auch den Lebens-Mai,
Mit dem Gürtel, mit dem Schleier
Reißt der schöne Wahn entzwei.
Die Leidenschaft flieht,
Die Liebe muß bleiben,
Die Blume verblüht,
Die Frucht muß treiben.
Der Mann muß hinaus
Ins feindliche Leben,
Muß wirken und streben
Und pflanzen und schaffen,
Erlisten, erraffen,
Muß wetten und wagen,
Das Glück zu erjagen.

Da strömet herbei die unendliche Gabe,
Es füllt sich der Speicher mit köstlicher Habe,
Die Räume wachsen, es dehnt sich das Haus.
Und drinnen waltet
Die züchtige Hausfrau,
Die Mutter der Kinder,
Und herrschet weise
Im häuslichen Kreise,
Und lehret die Mädchen
Und wehret den Knaben,
Und reget ohn Ende
Die fleißigen Hände,
Und mehrt den Gewinn
Mit ordnendem Sinn,
Und füllet mit Schätzen die duftenden Laden,
Und dreht um die schnurrende Spindel den Faden,
Und sammelt im reinlich geglätteten Schrein
Die schimmernde Wolle, den schneeichten Lein,
Und füget zum Guten den Glanz und den Schimmer,
Und ruhet nimmer.

Und der Vater mit frohem Blick
Von des Hauses weitschauendem Giebel
Überzählet sein blühend Glück,
Siehet der Pfosten ragende Bäume,
Und der Scheunen gefüllte Räume
Und die Speicher, vom Segen gebogen,
Und des Kornes bewegte Wogen,
Rühmt sich mit stolzem Mund:
Fest wie der Erde Grund
Gegen des Unglücks Macht
Steht mir des Hauses Pracht!
Doch mit des Geschickes Mächten
Ist kein ew'ger Bund zu flechten,
Und das Unglück schreitet schnell.

Wohl! Nun kann der Guß beginnen,
Schön gezacket ist der Bruch.
Doch, bevor wir's lassen rinnen,
Betet einen frommen Spruch!
Stoßt den Zapfen aus!
Gott bewahr das Haus.

Rauchend in des Henkels Bogen
Schießt's mit feuerbraunen Wogen.

Wohltätig ist des Feuers Macht,
Wenn sie der Mensch bezähmt, bewacht,
Und was er bildet, was er schafft,
Das dankt er dieser Himmelskraft;
Doch furchtbar wird die Himmelskraft,
Wenn sie der Fessel sich entrafft,
Einhertritt auf der eignen Spur
Die freie Tochter der Natur.
Wehe, wenn sie losgelassen
Wachsend ohne Widerstand
Durch die volkbelebten Gassen
Wälzt den ungeheuren Brand!
Denn die Elemente hassen
Das Gebild der Menschenhand.
Aus der Wolke
Quillt der Segen,
Strömt der Regen,
Aus der Wolke, ohne Wahl,
Zuckt der Strahl!
Hört ihr's wimmern hoch vom Turm!
Das ist Sturm!
Rot wie Blut
Ist der Himmel.
Das ist nicht des Tages Glut!
Welch Getümmel
Straßen auf!
Dampf wallt auf!
Flackernd steigt die Feuersäule,
Durch der Straße lange Zeile
Wächst es fort mit Windeseile,
Kochend wie aus Ofens Rachen
Glühn die Lüfte, Balken krachen,
Pfosten stürzen, Fenster klirren,
Kinder jammern, Mütter irren,
Tiere wimmern
Unter Trümmern,
Alles rennet, rettet, flüchtet,
Taghell ist die Nacht gelichtet,
Durch der Hände lange Kette

Um die Wette
Fliegt der Eimer, hoch im Bogen
Sprützen Quellen, Wasserwogen.
Heulend kommt der Sturm geflogen,
Der die Flamme brausend sucht,
Prasselnd in die dürre Frucht
Fällt sie, in des Speichers Räume,
In der Sparren dürre Bäume,
Und als wollte sie im Wehen
Mit sich fort der Erde Wucht
Reißen, in gewalt'ger Flucht,
Wächst sie in des Himmels Höhen
Riesengroß!
Hoffnungslos
Weicht der Mensch der Götterstärke,
Müßig sieht er seine Werke
Und bewundernd untergehen.
Leergebrannt
Ist die Stätte,
Wilder Stürme rauhes Bette,
In den öden Fensterhöhlen
Wohnt das Grauen,
Und des Himmels Wolken schauen
Hoch hinein.

Einen Blick
Nach dem Grabe
Seiner Habe
Sendet noch der Mensch zurück –
Greift fröhlich dann zum Wanderstabe.
Was Feuers Wut ihm auch geraubt,
Ein süßer Trost ist ihm geblieben,
Er zählt die Häupter seiner Lieben,
Und sieh! ihm fehlt kein teures Haupt.

In die Erd ist's aufgenommen,
Glücklich ist die Form gefüllt,
Wird's auch schön zutage kommen,
Daß es Fleiß und Kunst vergilt?
Wenn der Guß mißlang?
Wenn die Form zersprang?
Ach! vielleicht, indem wir hoffen,
Hat uns Unheil schon getroffen.

Dem dunkeln Schoß der heil'gen Erde
Vertrauen wir der Hände Tat,
Vertraut der Sämann seine Saat
Und hofft, daß sie entkeimen werde
Zum Segen, nach des Himmels Rat.
Noch köstlicheren Samen bergen
Wir traurend in der Erde Schoß,
Und hoffen, daß er aus den Särgen
Erblühen soll zu schönerm Los.
Von dem Dome,
Schwer und bang,
Tönt die Glocke
Grabgesang.
Ernst begleiten ihre Trauerschläge
Einen Wandrer auf dem letzten Wege.

Ach! die Gattin ist's, die teure,
Ach! es ist die treue Mutter,
Die der schwarze Fürst der Schatten
Wegführt aus dem Arm des Gatten,
Aus der zarten Kinder Schar,
Die sie blühend ihm gebar,
Die sie an der treuen Brust
Wachsen sah mit Mutterlust –
Ach! des Hauses zarte Bande
Sind gelöst auf immerdar,
Denn sie wohnt im Schattenlande,
Die des Hauses Mutter war,
Denn es fehlt ihr treues Walten,
Ihre Sorge wacht nicht mehr,
An verwaister Stätte schalten
Wird die Fremde, liebeleer.

Bis die Glocke sich verkühlet,
Laßt die strenge Arbeit ruhn,
Wie im Laub der Vogel spielet,
Mag sich jeder gütlich tun.
Winkt der Sterne Licht,
Ledig aller Pflicht
Hört der Pursch die Vesper schlagen,
Meister muß sich immer plagen.

Munter fördert
Seine Schritte
Fern im wilden Forst der Wandrer
Nach der lieben Heimathütte.
Blökend ziehen
Heim die Schafe,
Und der Rinder
Breitgestirnte
Glatte Scharen kommen brüllend,
Die gewohnten Ställe füllend.
Schwer herein
Schwankt der Wagen,
Kornbeladen,
Bunt von Farben
Auf den Garben
Liegt der Kranz,
Und das junge
Volk der Schnitter
Fliegt zum Tanz.

Markt und Straße
Werden stiller,
Um des Lichts gesell'ge Flamme
Sammeln sich die Hausbewohner,
Und das Stadttor
Schließt sich knarrend.

Schwarz bedecket
Sich die Erde,
Doch den sichern Bürger schrecket
Nicht die Nacht,
Die den Bösen gräßlich wecket,
Denn das Auge des Gesetzes wacht.

Heil'ge Ordnung, segenreiche
Himmelstochter, die das Gleiche
Frei und leicht und freudig bindet,
Die der Städte Bau gegründet,
Die herein von den Gefilden
Rief den ungesell'gen Wilden,
Eintrat in der Menschen Hütten,
Sie gewöhnt zu sanften Sitten

Und das teuerste der Bande
Wob, den Trieb zum Vaterlande!
Tausend fleiß'ge Hände regen,
Helfen sich in munterm Bund,
Und in feurigem Bewegen
Werden alle Kräfte kund.
Meister rührt sich und Geselle
In der Freiheit heil'gem Schutz,
Jeder freut sich seiner Stelle,
Bietet dem Verächter Trutz,
Arbeit ist des Bürgers Zierde,
Segen ist der Mühe Preis,
Ehrt den König seine Würde,
Ehret uns der Hände Fleiß.

Holder Friede,
Süße Eintracht,
Weilet, weilet
Freundlich über dieser Stadt!
Möge nie der Tag erscheinen,
Wo des rauhen Krieges Horden
Dieses stille Tal durchtoben,
Wo der Himmel,
Den des Abends sanfte Röte
Lieblich malt,
Von der Dörfer, von der Städte
Wildem Brande schrecklich strahlt!

Nun zerbrecht mir das Gebäude,
Seine Absicht hat's erfüllt,
Daß sich Herz und Auge weide
An dem wohlgelungnen Bild.
Schwingt den Hammer, schwingt,
Bis der Mantel springt,
Wenn die Glock soll auferstehen,
Muß die Form in Stücken gehen.

Der Meister kann die Form zerbrechen
Mit weiser Hand, zur rechten Zeit,
Doch wehe, wenn in Flammenbächen
Das glühnde Erz sich selbst befreit!
Blind wütend mit des Donners Krachen

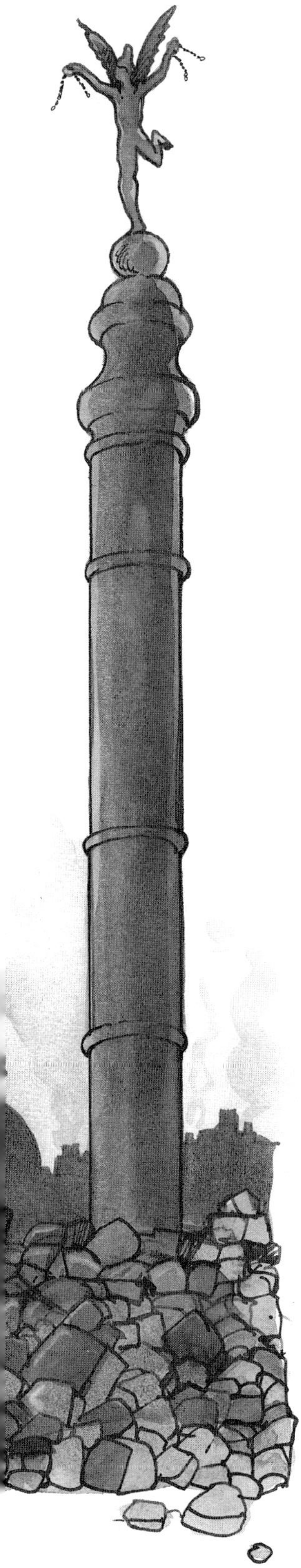

Zersprengt es das geborstne Haus,
Und wie aus offnem Höllenrachen
Speit es Verderben zündend aus;
Wo rohe Kräfte sinnlos walten,
Da kann sich kein Gebild gestalten,
Wenn sich die Völker selbst befrein,
Da kann die Wohlfahrt nicht gedeihn.

Weh, wenn sich in dem Schoß der Städte
Der Feuerzunder still gehäuft,
Das Volk, zerreißend seine Kette,
Zur Eigenhilfe schrecklich greift!
Da zerret an der Glocke Strängen
Der Aufruhr, daß sie heulend schallt
Und, nur geweiht zu Friedensklängen,
Die Losung anstimmt zur Gewalt.

Freiheit und Gleichheit! hört man schallen,
Der ruh'ge Bürger greift zur Wehr,
Die Straßen füllen sich, die Hallen,
Und Würgerbanden ziehn umher,
Da werden Weiber zu Hyänen
Und treiben mit Entsetzen Scherz,
Noch zuckend, mit des Panthers Zähnen,
Zerreißen sie des Feindes Herz.
Nichts Heiliges ist mehr, es lösen
Sich alle Bande frommer Scheu,
Der Gute räumt den Platz dem Bösen,
Und alle Laster walten frei.
Gefährlich ist's, den Leu zu wecken,
Und grimmig ist des Tigers Zahn,
Jedoch der schrecklichste der Schrecken,
Das ist der Mensch in seinem Wahn.
Weh denen, die dem Ewigblinden
Des Lichtes Himmelsfackel leihn!
Sie leuchtet nicht, sie kann nur zünden
Und äschert Städt und Länder ein.

Freude hat mir Gott gegeben!
Sehet! wie ein goldner Stern
Aus der Hülse, blank und eben,
Schält sich der metallne Kern,
Von dem Helm zum Kranz
Spielt's wie Sonnenglanz,
Auch des Wappens nette Schilder
Loben den erfahrnen Bilder.

Herein! herein!
Gesellen alle, schließt den Reihen,
Daß wir die Glocke taufend weihen,
Concordia soll ihr Name sein,
Zur Eintracht, zu herzinnigem Vereine
Versammle sie die liebende Gemeine.

Und dies sei fortan ihr Beruf,
Wozu der Meister sie erschuf:
Hoch überm niedern Erdenleben
Soll sie in blauem Himmelszelt
Die Nachbarin des Donners schweben
Und grenzen an die Sternenwelt,
Soll eine Stimme sein von oben,
Wie der Gestirne helle Schar,
Die ihren Schöpfer wandelnd loben
Und führen das bekränzte Jahr.
Nur ewigen und ernsten Dingen
Sei ihr metallner Mund geweiht,
Und stündlich mit den schnellen Schwingen
Berühr im Fluge sie die Zeit,
Dem Schicksal leihe sie die Zunge,
Selbst herzlos, ohne Mitgefühl,
Begleite sie mit ihrem Schwunge
Des Lebens wechselvolles Spiel.
Und wie der Klang im Ohr vergehet,
Der mächtig tönend ihr entschallt,
So lehre sie, daß nichts bestehet,
Daß alles Irdische verhallt.

Jetzo mit der Kraft des Stranges
Wiegt die Glock mir aus der Gruft,
Daß sie in das Reich des Klanges
Steige, in die Himmelsluft.
Ziehet, ziehet, hebt!
Sie bewegt sich, schwebt.
Freude dieser Stadt bedeute,
Friede sei ihr erst Geläute.

Die Warnung

Es tritt ein Wandersmann herfür
An eines Dorfes Schenke,
Er setzt sich vor des Hauses Tür
Im Schatten auf die Bänke;
Legt sein Bündel neben sich,
Bittet den Wirt bescheidentlich,
Mit einem Trunk ihn zu laben.

Da zechen an dem nächsten Tisch
Zwei wilde rohe Buben.
Heda, Herr Wirt! und gebt uns frisch
Was kauzt ihr in den Stuben?
Diese Nacht so durchgeschwärmt,
Heute von morgens früh gelärmt!
Wir wollen nicht nüchtern werden.

Ha, Bruder, war das nicht ein Spaß,
Es geht mir nichts darüber.
Und lieb' ich schon das volle Glas,
Hab' ich doch Unfug lieber.
Ach wie wird verwundert sein
All die werte Christengemein!
Wie wird der Pfaffe nicht toben!

Da draußen erst den Nepomuk
Mit seinen sieben Sternen,
Ich schob ihn an den Rand zurück,
Bald muß er schwimmen lernen,
Schüttert was, so plumpt er 'nein,
Rudert wohl mit dem Jesulein,
Den hält der Narr in den Armen.

Alsdann hinunter längs dem Tal
Der Wallfahrt Stationen,
Die dreizehn Steine allzumal
Mit Christi Passionen,
So beschmiert, verziert auf's Fest,
Daß das Lachen kein einz'ger läßt,
Wenn sie zum Beten da knieen.

Der Andre sprach: Wenn's Prahlen gilt,
So steh' ich alle Wetten.
Der Schnurrbart am Marienbild,
Und dann die Kron' aus Kletten,
Die ich ihm zu Nacht beschert,
Sind wohl deine Geschichten wert,
Und es ist noch nicht das beste.

Dort auf dem Fels am hohen Kreuz,
Statt Christi leid'ger Fratze,
Hängt nun – o in der Seel erfreut's! –
Des Nachbars tote Katze.
Wenn sie nun auf ihrer Bahn
Ziehn die Stufen zur Kirch' hinan,
Das wird was Erbauliches werden.

Der Wandersmann schaut ernst und still,
Da sie die Red' erhuben.
Sie achten erst nicht, was er will,
In ihrem Rausch, die Buben.
Beide riefen dann zugleich:
Kümmert euch, Duckmäuser, um euch!
Was soll das Gaffen und Horchen?

Der Wandersmann sagt nicht ein Wort,
Und schaut nur unbeweglich,
Und ihnen wurde fort und fort
Sein Blick mehr unerträglich.
Wenn ihr nicht die Frechheit laßt,
Sagten sie, solchen Heuchler-Gast,
Den muß man mit Schlägen verjagen.

Mich schlägt ein Andrer wohl als ihr,
Ihr mögt kein Haar mir kränken.
Ich bin auf kurze Frist nur hier,
Doch sollt ihr mein gedenken.
Junges Blut hat Frevelmut:
Tut nicht ferner, so wie ihr tut,
Und laßt bei Zeiten euch warnen.

Sonst schließt ihr einen Bund der Treu
Mit Judas falscher Rotte:
Den Heiland kreuzigt ihr auf's neu
Mit solchem kecken Spotte. –
Ja doch, da geschäh' ihm recht,
Weil sich der einfältige Knecht
Das erstemal kreuzigen lassen. –

Ich weiß gewiß, ihr sprächt nicht so,
Wärt ihr einst mitgegangen;
Ihr hättet nicht, der Qualen froh,
Am Kreuz ihn sehen hangen,
Wie aus bittern Wunden quoll,
Aller Lieb' und Erbarmung voll,
Sein heilig göttliches Leben.

Wie um ihn, ewig hoffnungslos,
Die Freund' und Mutter standen,
Und er im Busen trug ihr Los,
Bei grimmen Todesbanden;
Neigt sein Haupt in Finsternis,
Durch die Himmel geschieht ein Riß,
Und innerlich schauert die Erde. –

Ei seht, der macht uns glauben gar,
Er wär' dabei gewesen.
Was er erzählt, kann man fürwahr
In alten Tröstern lesen.
Sagt uns doch, wie alt ihr seid.
Daß ihr sah't, was vor ew'ger Zeit
Und nimmer vielleicht ist geschehen? –

Ich bin nicht alt, ich bin nicht jung,
Mein Leben ist kein Leben.
Wie rastlos kreist der Sonnen Schwung,
Muß ich hier unten schweben.
Greiser wird das Haar mir nicht,
Nicht gerunzelter mein Gesicht,
Das niemals lachet noch weinet.

Ich war wie ihr von frechem Mut
In meinen ersten Tagen.
An mir tat keine Lehre gut,
Kein Warnen half noch Sagen.
Als der Hohenpriester Amt
Heuchlerisch nun den Christ verdammt,
Da wollt' ich mein Mütchen auch kühlen.

Und als mit schwerer Kreuzeslast
Zum Tor ihn schleppt die Menge,
Da hatt' ich vor den andern Hast,
Und stieß ihn im Gedränge.
Matt und lechzend, ohne Schrei'n,
Wollt' er rasten auf einem Stein,
Da schlug ich ihn mit den Fäusten.

Geh, rief ich, Jesus! fort mit dir!
Zum Tod dich endlich schicke!
Der Heiland sah sich um nach mir,
Und sprach mit stillem Blicke:
Ich zwar gehe bald zur Ruh,
Aber wandern sollst nun du,
Und warten, bis ich komme.

Dies Wort, dies Wort, dies Eine Wort
War Heil mir und Verderben.
Es schirmt mich vor der Seele Mord,
Doch wehrt's mein leiblich Sterben.
Und mich treibt's von Land zu Land,
Und bin manchem zum Grau'n bekannt,
Der ewige wandernde Jude.

Der Fremdling sprach es alles aus
Mit unbewegter Miene,
Doch brennend durch die Stirn heraus
Ein blutrot Kreuz erschiene.
Als die Zwei das Zeichen sahn,
Fällt sie an der Verzweiflung Wahn,
Sie glaubten sich schon in der Hölle.

Und eh sie Seel' und Leibeskraft
Und Sinne wiederfunden,
Hat er sein Bündel aufgerafft,
Und ist schon weit verschwunden.
An des letzten Hügels Rand,
Sehn sie noch, den Stab in der Hand,
Die irre Gestalt hinwanken.

ERNST MORITZ ARNDT

Ballade

Und die Sonne machte den weiten Ritt
Um die Welt,
Und die Sternlein sprachen: »Wir reisen mit
Um die Welt«;
Und die Sonne sie schalt sie: »Ihr bleibt zu Haus,
Denn ich brenn' euch die goldnen Äuglein aus
Bei dem feurigen Ritt um die Welt.«

Und die Sternlein gingen zum lieben Mond
In der Nacht,
Und sie sprachen: »Du, der auf Wolken thront
In der Nacht,
Laß uns wandeln mit dir, denn dein milder Schein,
Er verbrennet uns nimmer die Äugelein.«
Und er nahm sie, Gesellen der Nacht.

Nun willkommen, Sternlein und lieber Mond,
In der Nacht,
Ihr verstehet, was still in den Herzen wohnt
In der Nacht.
Kommt und zündet die himmlischen Lichter an,
Daß ich lustig mitschwärmen und spielen kann
In den freundlichen Spielen der Nacht.

KAROLINE VON GÜNDERODE

Der Gefangene und der Sänger

Ich wallte mit leichtem und lustigem Sinn
Und singend am Kerker vorüber;
Da schallt aus der Tiefe, da schallt aus dem Turm
Mir Stimme des Freundes herüber.–

»Ach Sänger! verweile, mich tröstet dein Lied,
Es steigt zum Gefangnen herunter,
Ihm macht es gesellig die einsame Zeit,
Das krankende Herz ihm gesunder.«

Ich horchte der Stimme, gehorchte ihr bald,
Zum Kerker hin wandt' ich die Schritte,
Gern sprach ich die freundlichsten Worte hinab,
Begegnete jeglicher Bitte.

Da war dem Gefangenen freier der Sinn,
Gesellig die einsamen Stunden. –
»Gern gäb ich dir Lieber!« so rief er: »die Hand,
Doch ist sie von Banden umwunden.

Gern käm' ich Geliebter! gern käm' ich herauf
Am Herzen dich treulich zu herzen;
Doch trennen mich Mauern und Riegel von dir,
O fühl des Gefangenen Schmerzen.

Es ziehet mich mancherlei Sehnsucht zu dir;
Doch Ketten umfangen mein Leben,
Drum gehe mein Lieber und laß mich allein,
Ich Armer ich kann dir nichts geben.« –

Da ward mir so weich und so wehe ums Herz,
Ich konnte den Lieben nicht lassen.
Am Kerker nun lausch' ich von Frührotes Schein
Bis Abends die Farben erblassen.

Und harren dort werd' ich die Jahre hindurch,
Und sollt' ich drob selber erblassen.
Es ist mir so weich und so sehnend ums Herz
Ich kann den Geliebten nicht lassen.

ACHIM VON ARNIM

Der König ohne Volk

Ein König auf dem Throne
Mit seinem Szepter von Gold
Den Rat oft schlug zum Hohne,
War keinem Menschen hold.

Den Hunden an dem Tische
Der Rat die Teller hält,
Er füttert gut die Fische,
Sein Volk in Hunger fällt.

Sein Völkchen war beritten,
Er ärgert sie so baß,
Daß alle sind fortgeritten,
Da ward der König blaß.

Er konnte sie nicht halten,
Sein ganzes Volk ritt fort,
Er konnt' allein nun walten
An seinem Hundeort.

»Wenn mir die Hunde bleiben,
So bin ich dennoch reich,
Die Zeit mir zu vertreiben,
Das andre gilt mir gleich.«

Die Hunde, schlecht bedienet,
Die wurden falsch und wild,
Und als er sich erkühnet,
Zerrissen sie sein Schild;

Zerrissen seinen Mantel,
Da stand er nackt und bloß,
Da sah man bei dem Handel,
Er hätt' einen Buckel groß.

Du mußt die Lehre fassen,
Mein edler Fürstensohn,
Wen schon die Besten verlassen,
Der sitzt nicht fest auf dem Thron.

Getrennte Liebe

Zwei schöne, liebe Kinder,
Die hatten sich so lieb,
Daß eines dem andern im Winter
Mit Singen die Zeit vertrieb,
Diesseit und jenseit am Wasserfall
Höret ihr immer den Doppelschall.

Der Winter bauet Brücken,
Sie beide hat vereint,
Und jedes mit frohem Entzücken
Die Brücke nun ewig meint;
Diesseit und jenseit am Wasserfall
Wohnen die Eltern getrennt im Tal.

Der Frühling ist gekommen,
Das Eis will nun aufgehn,
Da werden sie beide beklommen,
Die laulichen Winde wehn;
Diesseit und jenseit am Wasserfall
Stürzen die Bäche mit wildem Schall.

Was hilft der helle Bogen,
Womit der Fall entzückt,
Von ihnen so liebreich erzogen,
Zum erstenmal bunt geschmückt?
Diesseit und jenseit am Wasserfall
Höret sie klagen getrennt im Tal.

Die Vögel über fliegen,
Die Kinder traurig stehn
Und müssen sich einsam begnügen,
Einander von fern zu sehn;
Diesseit und jenseit am Wasserfall
Kreuzen die Schwalben mit lautem Schall.

Sie möchten zusammen mit Singen
So wie der Vögel Brut
Den himmlischen Frühling verbringen,
Das Scheiden so wehe tut;
Diesseit und jenseit am Wasserfall
Sehn sie sich endlich zum letztenmal.

Der Knabe kriegt zur Freude
Ein Röckchen wie ein Mann,
Das Mädchen ein Kleidchen von Seide,
Nun gehet die Schule an;
Diesseit und jenseit am Wasserfall
Gehn sie zum Kloster bei Glockenschall.

Sie sahn sich lang nicht wieder,
Sie kannten sich nicht mehr,
Das Mädchen mit vollem Mieder,
Der Knabe ein Mönch schon wär';
Diesseit und jenseit am Wasserfall
Kamen und riefen sie sich im Tal.

Das Mädchen ruft so helle,
Der Knabe singt so tief;
Verstehen sich endlich doch schnelle,
Als alles im Hause schlief;
Diesseit und jenseit am Wasserfall
Springen im Mondschein die Fische all'.

Froh in der nächt'gen Frische
Sie kühlen sich im Fluß,
Sie können nicht schwimmen wie Fische
Und suchen sich doch zum Kuß;
Diesseit und jenseit am Wasserfall
Reißen die Strudel sie fort mit Schall.

Die Eltern hören singen
Und schaun aus hohem Haus,
Zwei Schwäne im Sternenschein ringen
Zum Dampfe des Falls hinaus;
Diesseit und jenseit am Wasserfall
Hören sie Echo mit lautem Schall.

Die Schwäne herrlich sangen
Ihr letztes schönstes Lied,
Und leuchtende Wölkchen hangen,
Manch Engelein niedersieht;
Diesseit und jenseit am Wasserfall
Schwebet wie Blüte ein süßer Schall.

Der Mond sieht aus dem Bette
Des glatten Falls empor,
Die Nacht mit der Blumenkette
Erhebet zu sich dies Chor;
Diesseit und jenseit am Wasserfall
Grünt es von Tränen nun überall.

ADELBERT VON CHAMISSO

Die Sonne bringt es an den Tag

Gemächlich in der Werkstatt saß
Zum Frühtrunk Meister Nikolas,
Die junge Hausfrau schenkt' ihm ein,
Es war im heitern Sonnenschein. –
Die Sonne bringt es an den Tag.

Die Sonne blinkt von der Schale Rand,
Malt zitternde Kringeln an die Wand,
Und wie den Schein er ins Auge faßt,
So spricht er für sich, indem er erblaßt:
»Du bringst es doch nicht an den Tag.«

»Wer nicht? was nicht?« die Frau fragt gleich,
»Was stierst du so an? was wirst du so bleich?«
Und er darauf: »Sei still, nur still;
Ich's doch nicht sagen kann, noch will.
Die Sonne bringt's nicht an den Tag.«

Die Frau nur dringender forscht und fragt,
Mit Schmeicheln ihn und Hadern plagt,
Mit süßem und mit bitterm Wort,
Sie fragt und plagt ihn fort und fort:
»Was bringt die Sonne nicht an den Tag?«

»Nein, nimmermehr!« – »Du sagst es mir noch.« –
»Ich sag es nicht.« – »Du sagst es mir doch.« –
Da ward zuletzt er müd und schwach,
Und gab der Ungestümen nach. –
Die Sonne bringt es an den Tag.

»Auf der Wanderschaft, 's sind zwanzig Jahr,
Da traf es mich einst gar sonderbar,
Ich hatt nicht Geld, nicht Ranzen, noch Schuh',
War hungrig und durstig und zornig dazu. –
Die Sonne bringt's nicht an den Tag.

Da kam mir just ein Jud in die Quer,
Ringsher war's still und menschenleer:
Du hilfst mir, Hund, aus meiner Not;
Den Beutel her, sonst schlag ich dich tot!
    Die Sonne bringt's nicht an den Tag.

Und er: Vergieße nicht mein Blut,
Acht Pfennige sind mein ganzes Gut!
Ich glaubt ihm nicht, und fiel ihn an;
Er war ein alter, schwacher Mann –
    Die Sonne bringt's nicht an den Tag.

So rücklings lag er blutend da,
Sein brechendes Aug in die Sonne sah;
Noch hob er zuckend die Hand empor,
Noch schrie er röchelnd mir ins Ohr:
Die Sonne bringt es an den Tag.

Ich macht ihn schnell noch vollends stumm,
Und kehrt ihm die Taschen um und um:
Acht Pfenn'ge, das war das ganze Geld.
Ich scharrt ihn ein auf selbigem Feld –
Die Sonne bringt's nicht an den Tag.

Dann zog ich weit und weiter hinaus,
Kam hier ins Land, bin jetzt zu Haus. –
Du weißt nun meine Heimlichkeit,
So halte den Mund und sei gescheit;
Die Sonne bringt's nicht an den Tag.

Wann aber sie so flimmernd scheint,
Ich merk es wohl, was sie da meint,
Wie sie sich müht und sich erbost, –
Du, schau nicht hin, und sei getrost:
Sie bringt es doch nicht an den Tag.«

So hatte die Sonn eine Zunge nun,
Der Frauen Zungen ja nimmer ruhn. –
Gevatterin, um Jesus Christ!
Laßt Euch nicht merken, was Ihr nun wißt. –
Nun bringt's die Sonne an den Tag.

Die Raben ziehen krächzend zumal
Nach dem Hochgericht, zu halten ihr Mahl.
Wen flechten sie aufs Rad zur Stund?
Was hat er getan? wie ward es kund?
Die Sonne bracht es an den Tag.

Das Riesen-Spielzeug

Burg Niedeck ist im Elsaß der Sage wohlbekannt,
Die Höhe, wo vor Zeiten die Burg der Riesen stand;
Sie selbst ist nun verfallen, die Stätte wüst und leer,
Du fragest nach den Riesen, du findest sie nicht mehr.

Einst kam das Riesen-Fräulein aus jener Burg hervor,
Erging sich sonder Wartung und spielend vor dem Tor,
Und stieg hinab den Abhang bis in das Tal hinein,
Neugierig zu erkunden, wie's unten möchte sein.

Mit wen'gen raschen Schritten durchkreuzte sie den Wald,
Erreichte gegen Haslach das Land der Menschen bald,
Und Städte dort und Dörfer und das bestellte Feld
Erschienen ihren Augen gar eine fremde Welt.

Wie jetzt zu ihren Füßen sie spähend niederschaut,
Bemerkt sie einen Bauer, der seinen Acker baut;
Es kriecht das kleine Wesen einher so sonderbar,
Es glitzert in der Sonne der Pflug so blank und klar.

»Ei! artig Spielding!« ruft sie, »das nehm ich mit nach Haus.«
Sie knieet nieder, spreitet behend ihr Tüchlein aus,
Und feget mit den Händen, was da sich alles regt,
Zu Haufen in das Tüchlein, das sie zusammen schlägt;

Und eilt mit freud'gen Sprüngen, man weiß, wie Kinder sind,
Zur Burg hinan und suchet den Vater auf geschwind:
»Ei Vater, lieber Vater, ein Spielding wunderschön!
So Allerliebstes sah ich noch nie auf unsern Höhn.«

Der Alte saß am Tische und trank den kühlen Wein,
Er schaut sie an behaglich, er fragt das Töchterlein:
»Was Zappeliches bringst du in deinem Tuch herbei?
Du hüpfest ja vor Freuden; laß sehen, was es sei.«

Sie spreitet aus das Tüchlein und fängt behutsam an,
Den Bauer aufzustellen, den Pflug und das Gespann;
Wie alles auf dem Tische sie zierlich aufgebaut,
So klatscht sie in die Hände und springt und jubelt laut.

Der Alte wird gar ernsthaft und wiegt sein Haupt und spricht:
»Was hast du angerichtet? das ist kein Spielzeug nicht;
Wo du es hergenommen, da trag es wieder hin,
Der Bauer ist kein Spielzeug, was kommt dir in den Sinn!

Sollst gleich und ohne Murren erfüllen mein Gebot;
Denn, wäre nicht der Bauer, so hättest du kein Brot;
Es sprießt der Stamm der Riesen aus Bauernmark hervor,
Der Bauer ist kein Spielzeug, da sei uns Gott davor!«

Burg Niedeck ist im Elsaß der Sage wohlbekannt,
Die Höhe, wo vor Zeiten die Burg der Riesen stand,
Sie selbst ist nun verfallen, die Stätte wüst und leer,
Und fragst du nach den Riesen, du findest sie nicht mehr.

Schwäbische Kunde

Als Kaiser Rotbart lobesam
Zum Heil'gen Land gezogen kam,
Da mußt' er mit dem frommen Heer
Durch ein Gebirge, wüst und leer.
Daselbst erhub sich große Not,
Viel Steine gab's und wenig Brot,
Und mancher deutsche Reitersmann
Hat dort den Trunk sich abgetan.
Den Pferden war's so schwach im Magen,
Fast mußte der Reiter die Mähre tragen.
Nun war ein Herr aus Schwabenland,
Von hohem Wuchs und starker Hand,
Des Rößlein war so krank und schwach,
Er zog es nur am Zaume nach,
Er hätt' es nimmer aufgegeben
Und kostet's ihn das eigne Leben.
So blieb er bald ein gutes Stück
Hinter dem Heereszug zurück;
Da sprengten plötzlich in die Quer'
Fünfzig türkische Reiter daher,
Die huben an, auf ihn zu schießen,
Nach ihm zu werfen mit den Spießen.
Der wackre Schwabe forcht sich nit,
Ging seines Weges Schritt vor Schritt,
Ließ sich den Schild mit Pfeilen spicken
Und tät nur spöttlich um sich blicken,
Bis einer, dem die Zeit zu lang,
Auf ihn den krummen Säbel schwang.
Da wallt dem Deutschen auch sein Blut,
Er trifft des Türken Pferd so gut,
Er haut ihm ab mit *einem* Streich
Die beiden Vorderfüß' zugleich.
Als er das Tier zu Fall gebracht,
Da faßt er erst sein Schwert mit Macht,
Er schwingt es auf des Reiters Kopf,
Haut durch bis auf den Sattelknopf,
Haut auch den Sattel noch zu Stücken

Und tief noch in des Pferdes Rücken;
Zur Rechten sieht man, wie zur Linken,
Einen halben Türken heruntersinken.
Da packt die andern kalter Graus,
Sie fliehen in alle Welt hinaus,
Und jedem ist's, als würd' ihm mitten
Durch Kopf und Leib hindurchgeschnitten.
Drauf kam des Wegs 'ne Christenschar,
Die auch zurückgeblieben war,
Die sahen nun mit gutem Bedacht,
Was Arbeit unser Held gemacht.
Von denen hat's der Kaiser vernommen,
Der ließ den Schwaben vor sich kommen,
Er sprach: »Sag an, mein Ritter wert!
Wer hat dich solche Streich' gelehrt?«
Der Held bedacht' sich nicht zu lang:
»Die Streiche sind bei uns im Schwang,
Sie sind bekannt im ganzen Reiche,
Man nennt sie halt nur Schwabenstreiche.«

Das Schloß am Meere

Hast du das Schloß gesehen,
Das hohe Schloß am Meer?
Golden und rosig wehen
Die Wolken drüber her.

Es möchte sich niederneigen
In die spiegelklare Flut;
Es möchte streben und steigen
In der Abendwolken Glut.

»Wohl hab' ich es gesehen,
Das hohe Schloß am Meer,
Und den Mond darüber stehen,
Und Nebel weit umher.«

Der Wind und des Meeres Wallen
Gaben sie frischen Klang?
Vernahmst du aus hohen Hallen
Saiten und Festgesang?

»Die Winde, die Wogen alle
Lagen in tiefer Ruh',
Einem Klagelied aus der Halle
Hört' ich mit Tränen zu.«

Sahest du oben gehen
Den König und sein Gemahl?
Der roten Mäntel Wehen,
Der goldnen Kronen Strahl?

Führten sie nicht mit Wonne
Eine schöne Jungfrau dar,
Herrlich wie eine Sonne,
Strahlend im goldnen Haar?

»Wohl sah ich die Eltern beide,
Ohne der Kronen Licht,
Im schwarzen Trauerkleide;
Die Jungfrau sah ich nicht.«

JOSEPH VON EICHENDORFF

Die Hochzeitsnacht

Nachts durch die stille Runde
Rauschte des Rheines Lauf,
Ein Schifflein zog im Grunde,
Ein Ritter stand darauf.

Die Blicke irrend schweifen
Von seines Schiffes Rand.
Ein blutigroter Streifen
Sich um das Haupt ihm wand.

Der sprach: »Da oben stehet
Ein Schlößlein überm Rhein,
Die an dem Fenster stehet:
Das war die Liebste mein.

Sie hat mir Treu versprochen,
Bis ich gekommen sei,
Sie hat die Treu gebrochen
Und alles ist vorbei.«

Viel' Hochzeitleute drehen
Da oben laut und bunt,
Sie bleibet einsam stehen
Und schauet in den Grund.

Und wie sie tanzten munter,
Und Schiff und Schiffer schwand,
Stieg sie vom Schloß hinunter,
Bis sie im Garten stand.

Die Spielleut' musizierten,
Sie sann gar mancherlei,
Die Töne sie so rührten,
Als müßt' das Herz entzwei.

Da trat ihr Bräut'gam süße
Zu ihr aus stiller Nacht,
So freundlich er sie grüßte,
Daß ihr das Herze lacht.

Er sprach: »Was willst du weinen,
Weil alle fröhlich sein!
Die Sterne schöne scheinen,
So lustig geht der Rhein.

Das Kränzlein in den Haaren
Steht dir so wunderfein,
Wir wollen etwas fahren
Hinunter auf dem Rhein.«

Zum Kahn folgt sie behende,
Setzt sich ganz vorne hin,
Er setzt' sich an das Ende
Und ließ das Schifflein ziehn.

Sie sprach: »Die Töne kommen
Verworren durch den Wind,
Die Fenster sind verglommen,
Wir fahren so geschwind.

Was sind das für so lange
Gebirge weit und breit?
Mir wird auf einmal bange
In dieser Einsamkeit.

Und fremde Leute stehen
Auf mancher Felsenwand,
Und stehen still und sehen
So steinern über'n Rand.«

Der Bräut'gam schien so traurig
Und sprach kein einzig Wort,
Schaut' in die Wellen schaurig
Und rudert' immerfort.

Sie sprach: »Schon seh ich Streifen
So rot im Morgen stehn,
Und Stimmen hör' ich schweifen,
Vom Ufer Hähne krähn.

Du siehst so still und wilde,
So bleich wird dein Gesicht,
Mir graut vor deinem Bilde –
Du bist mein Bräut'gam nicht.«

Da stund er auf – das Sausen
Hielt still in Flut und Wald,
Es rührt mit Lust und Grausen
Das Herz ihr die Gestalt.

Und wie mit steinern'n Armen
Hob er sie auf voll Lust,
Drückt ihren schönen, warmen
Leib an die eis'ge Brust. –

Licht wurden Wald und Höhen,
Der Morgen schien blutrot,
Das Schifflein sah man gehen,
Die schöne Braut drin tot.

FRIEDRICH RÜCKERT

Vom Büblein, das überall mitgenommen hat sein wollen

Denk' an! das Büblein ist einmal
Spazieren gegangen im Wiesental;
Da ward's müd' gar sehr
Und sagt': »Ich kann nicht mehr;
Wenn nur was käme
Und mich mitnähme!«
    Da ist das Bächlein geflossen kommen
    Und hat's Büblein mitgenommen;
    Das Büblein hat sich aufs Bächlein gesetzt
    Und hat gesagt: »So gefällt mir's jetzt.«

Aber was meinst du? das Bächlein war kalt,
Das hat das Büblein gespürt gar bald;
Es hat's gefroren gar sehr,
Es sagt': »Ich kann nicht mehr;
Wenn nur was käme
Und mich mitnähme!«
    Da ist das Schifflein geschwommen kommen
    Und hat's Büblein mitgenommen;
    Das Büblein hat sich aufs Schifflein gesetzt
    Und hat gesagt: »Da gefällt mir's jetzt.«

Aber siehst du? Das Schifflein war schmal,
Das Büblein denkt: »Da fall' ich einmal«;
Da fürcht' es sich gar sehr
Und sagt': »Ich mag nicht mehr;
Wenn nur was käme
Und mich mitnähme!«
    Da ist die Schnecke gekrochen gekommen
    Und hat's Büblein mitgenommen;
    Das Büblein hat sich ins Schneckenhäuslein gesetzt
    Und hat gesagt: »Da gefällt mir's jetzt.«

Aber denk! die Schnecke war kein Gaul,
Sie war im Kriechen gar zu faul;
Dem Büblein ging's langsam zu sehr;

Es sagt': »Ich mag nicht mehr;
Wenn nur was käme
Und mich mitnähme!«
  Da ist der Reiter geritten gekommen,
  Der hat's Büblein mitgenommen;
  Das Büblein hat sich hinten aufs Pferd gesetzt
  Und hat gesagt: »So gefällt mir's jetzt.«

Aber gib acht! das ging wie der Wind,
Es ging dem Büblein gar zu geschwind;
Es hopft drauf hin und her
Und schreit: »Ich kann nicht mehr;
Wenn nur was käme
Und mich mitnähme!«
  Da ist ein Baum ihm ins Haar gekommen
  Und hat das Büblein mitgenommen;
  Er hat's gehängt an einen Ast gar hoch,
  Dort hängt das Büblein und zappelt noch.

Das Kind fragt:
Ist denn das Büblein gestorben?
Antwort:
Nein! es zappelt ja noch!
Morgen gehn wir 'naus und tun's 'runter.

Barbarossa

Der alte Barbarossa,
Der Kaiser Friederich,
Im unterird'schen Schlosse
Hält er verzaubert sich.

Er ist niemals gestorben,
Er lebt darin noch jetzt;
Er hat im Schloß verborgen
Zum Schlaf sich hingesetzt.

Er hat hinabgenommen
Des Reiches Herrlichkeit,
Und wird einst wiederkommen
Mit ihr, zu seiner Zeit.

Der Stuhl ist elfenbeinern,
Darauf der Kaiser sitzt;
Der Tisch ist marmelsteinern,
Worauf sein Haupt er stützt.

Sein Bart ist nicht von Flachse,
Er ist von Feuersglut,
Ist durch den Tisch gewachsen,
Worauf sein Kinn ausruht.

Er nickt als wie im Traume,
Sein Aug' halb offen zwinkt;
Und je nach langem Raume
Er einem Knaben winkt.

Er spricht im Schlaf zum Knaben:
Geh hin vors Schloß, o Zwerg,
Und sieh, ob noch die Raben
Herfliegen um den Berg.

Und wenn die alten Raben
Noch fliegen immerdar,
So muß ich auch noch schlafen
Verzaubert hundert Jahr.

THEODOR KÖRNER

Lützow's wilde Jagd

Was glänzt dort vom Walde im Sonnenschein?
  Hör 's näher und näher brausen.
Es zieht sich herunter in düsteren Reihn,
Und gellende Hörner schallen darein,
  Und erfüllen die Seele mit Grausen.
Und wenn ihr die schwarzen Gesellen fragt:
Das ist Lützow's wilde verwegene Jagd.

Was zieht dort rasch durch den finstern Wald,
  Und streift von Bergen zu Bergen?
Es legt sich in nächtlichen Hinterhalt;
Das Hurrah jauchzt und die Büchse knallt,
  Es fallen die fränkischen Schergen.
Und wenn ihr die schwarzen Jäger fragt:
Das ist Lützow's wilde verwegene Jagd.

Wo die Reben dort glühen, dort braus't der Rhein,
  Der Wüthrich geborgen sich meinte;
Da naht es schnell mit Gewitterschein,
Und wirft sich mit rüst'gen Armen hinein,
  Und springt an's Ufer der Feinde.
Und wenn ihr die schwarzen Schwimmer fragt:
Das ist Lützow's wilde verwegene Jagd.

Was braus't dort im Thale die laute Schlacht,
  Was schlagen die Schwerter zusammen?
Wildherzige Reiter schlagen die Schlacht,
Und der Funke der Freiheit ist glühend erwacht,
  Und lodert in blutigen Flammen.
Und wenn ihr die schwarzen Reiter fragt:
Das ist Lützow's wilde verwegene Jagd.

Wer scheidet dort röchelnd vom Sonnenlicht,
  Unter winselnde Feinde gebettet?
Es zuckt der Tod auf dem Angesicht,
Doch die wackern Herzen erzittern nicht;
  Das Vaterland ist ja gerettet!

Und wenn ihr die schwarzen Gefall'nen fragt:
Das war Lützow's wilde verwegene Jagd.

Die wilde Jagd, und die deutsche Jagd
  Auf Henkersblut und Tyrannen!
Drum, die ihr uns liebt, nicht geweint und geklagt;
Das Land ist ja frei und der Morgen tagt,
  Wenn wir's auch sterbend nur gewannen!
Und von Enkeln zu Enkeln sei 's nachgesagt:
Das war Lützow's wilde verwegene Jagd.

Romanze für den Berliner Musenalmanach

Walpurgishexen tanzen
Den Brocken um und um,
Ich singe noch Romanzen
Und weiß doch nicht, warum?

Es ward ein großes Liebeln
Vollführt nach altem Brauch,
Der Recke kaute Zwiebeln,
Die Maid verzehrte Lauch.

Es ward ein großes Minnen
Von einem Paar getan;
Er sprach: »Du kommst von Sinnen!«
Sie sprach: »Was liegt daran?«

Er sprach: »O Turteltaube,
In meinem Herzen kracht's!«
Sie sprach: »So komm zur Laube,
Zur Laube komm des Nachts.«

Er eilt hinab zum Garten,
Im trauten Mondenschein,
Dann fängt er an zu warten,
Und schlummert schlafend ein.

Sie kommt und will gewähren,
Doch fühlt sie bald ein Grau'n,
Es tropfen hundert Zähren
Von ihren Augenbrau'n.

Es wuchern hundert Warzen
Auf ihrem kleinen Kinn,
Und als die Schuhe knarzen,
Da nebelt ihr's im Sinn.

Kupido, jener Schütze,
Tut seine Tücken kund,
Sie fällt in eine Pfütze,
Die in dem Garten stund.

Der Ritter hört ein Plätscheln
Und denkt sich: Cœur ist Trumpf.
Er kommt und will sie tätscheln,
Und sinkt mit ihr zu Sumpf.

Und als Auroras Trense
Die blonden Hengste weckt,
Da schwingt der Tod die Sense
Und jenes Paar verreckt.

Ein Fischer kommt mit Netzen
Und fischt sie ohne Haß,
Er will sie noch benetzen,
Doch waren beide naß.

Ein Fischer kommt mit Hamen
Und fischt sie ohne Kunst,
Er forscht nach ihren Namen,
Doch forscht er ach! umsunst!

Er schaut die toten Leibchen
Mit Jammer an und spricht:
»Das eine scheint ein Weibchen,
Das andre scheint es nicht.«

Da gräbt er auf dem Hügel
Ein Grab für diese zwei,
Darauf nimmt er sie beim Flügel,
Und scharrt und spricht dabei:

»So geht's, wenn man den Schädel
Mit eitler Minne schminkt,
Und wenn ein junges Mädel
In eine Pfütze sinkt!«

Nun ruhn die zwei Kadaver
An einem schmalen Rain,
Und mitten wächst Papaver
Und oben rauscht ein Hain.

Nun ruhn die beiden Äser
Bei Sonnenschein und Sturm,
Und oben lispeln Gräser,
Und unten speist ein Wurm.

Doch geh'n sie itzt selbander
Im Mondenlicht so mild,
Er scheint ein Salamander
Und sie ein Froschgebild.

Es murmeln dann die Kröten,
Indes die Spinne spinnt,
Und Nachtigallen flöten,
Wie deutsche Minne minnt.

ANNETTE VON DROSTE-HÜLSHOFF

Neujahrsnacht

Im grauen Schneegestöber blassen
Die Formen, es zerfließt der Raum
Laternen schwimmen durch die Gassen,
Und leise knistert es im Flaum;
Schon naht des Jahres letzte Stunde,
Und drüben, wo der matte Schein
Haucht aus den Fenstern der Rotunde,
Dort ziehn die frommen Beter ein.

Wie zu dem Richter der Bedrängte,
Ob dessen Haupt die Wage neigt,
Noch einmal schleicht, eh der verhängte,
Der schwere Tag im Osten steigt,
Noch einmal faltet seine Hände
Um milden Spruch, so knien sie dort,
Still gläubig, daß ihr Flehen wende
Des Jahres ernstes Losungswort.

Ich sehe unter meinem Fenster
Sie gleiten durch den Nebelrauch,
Verhüllt und lautlos wie Gespenster,
Vor ihrer Lippe flirrt der Hauch;
Ein blasser Kreis zu ihren Füßen
Zieht über den verschneiten Grund,
Lichtfunken blitzen auf und schießen
Um der Laterne dunstig Rund.

Was mögen sie im Herzen tragen,
Wie manche Hoffnung, still bewacht!
Wie mag es unterm Vließe schlagen
So heiß in dieser kalten Nacht!
Fort keuchen sie, als möge fallen
Der Hammer, eh sie sich gebeugt,
Bevor sie an des Thrones Hallen
Die letzte Bittschrift eingereicht.

Dort hör' ich eine Angel rauschen,
Vernehmlich wird des Kindes Schrein,
Und die Gestalt – sie scheint zu lauschen,
Dann fürder schwimmt der Lampe Schein;
Noch einmal steigt sie, läßt die Schimmer
Verzittern an des Fensters Rand,
Gewiß, sie trägt ein Frauenzimmer
Und einer Mutter fromme Hand!

Nun stampft es rüstig durch die Gasse,
Die Decke kracht vom schweren Tritt,
Der Krämer schleppt die Sündenmasse
Der bösen Zahler keuchend mit;
Und hinter ihm wie eine Docke
Ein armes Kind im Flitterstaat,
Mit seidnem Fähnchen, seidner Locke,
Huscht frierend durch den engen Pfad.

Ha, Schellenklingeln längs der Stiege!
Glutaugen richtend in die Höh',
'Ne kolossale Feuerfliege,
Rauscht die Karosse durch den Schnee;
Und Dämpfe qualmen auf und schlagen
Zurück vom Wirbel des Gespanns;
Ja, schwere Bürde trägt der Wagen,
Die Wünsche eines reichen Manns!

Und hinter ihm ein Licht so schwankend,
Der Träger tritt so sachte auf,
Nun lehnt er an der Mauer wankend,
Sein hohler Husten schallt hinauf;
Er öffnet der Laterne Reifen,
Es zupfen Finger lang und fahl
Am Dochte, Odemzüge pfeifen, –
Du, Armer, kniest zum letztenmal.

Dann Licht an Lichtern längs der Mauer,
Wie Meteore irr geschart,
Ein krankes Weib in tiefer Trauer,
Husaren mit bereiftem Bart.
In Filz und Kittel stämm'ge Bauern,
Den Rosenkranz in starrer Faust,
Und Mädchen, die wie Falken lauern,
Von Mantels Fittichen umsaust.

Wie oft hab' ich als Kind im Spiele
Gelauscht den Funken im Papier,
Der Sternchen zitterndem Gewühle,
Und: »Kirchengänger!« sagten wir;
So seh' ich's wimmeln um die Wette
Und löschen, wo der Pfad sich eint,
Nachzügler noch, dann grau die Stätte,
Nur einsam die Rotunde scheint.

Und mählich schwellen Orgelklänge
Wie Heroldsrufe an mein Ohr:
Knie nieder, Lässiger, und dränge
Auch deines Herzens Wunsch hervor!
»Du, dem Jahrtausende verrollen
Sekundengleich, erhalte mir
Ein mutig Herz, ein redlich Wollen
Und Fassung an des Grabes Tür.«

Da, horch! – es summt durch Wind und Schloßen,
Gott gnade uns, hin ist das Jahr!
Im Schneegestäub' wie Schnee zerflossen,
Zukünftiges wird offenbar;
Von allen Türmen um die Wette
Der Hämmer Schläge, daß es schallt,
Und mit dem letzten ist die Stätte
Gelichtet für den neuen Wald.

Der Knabe im Moor

O schaurig ist's übers Moor zu gehn,
Wenn es wimmelt vom Heiderauche,
Sich wie Phantome die Dünste drehn
Und die Ranke häkelt am Strauche,
Und jedem Tritte ein Quellchen springt,
Wenn aus der Spalte es zischt und singt,
O schaurig ist's übers Moor zu gehn,
Wenn das Röhricht knistert im Hauche!

Fest hält die Fibel das zitternde Kind
Und rennt, als ob man es jage;
Hohl über die Fläche sauset der Wind –

Was raschelt drüben am Hage?
Das ist der gespenstische Gräberknecht,
Der dem Meister die besten Torfe verzecht;
Hu, hu, es bricht wie ein irres Rind!
Hinducket das Knäblein zage.

Vom Ufer starret Gestumpf hervor,
Unheimlich nicket die Föhre,
Der Knabe rennt, gespannt das Ohr,
Durch Riesenhalme wie Speere;
Und wie es rieselt und knittert darin!
Das ist die unselige Spinnerin,
Das ist die gebannte Spinnlenor',
Die den Haspel dreht im Geröhre!

Voran, voran! nur immer im Lauf,
Voran, als woll' es ihn holen!
Vor seinem Fuße brodelt es auf,
Es pfeift ihm unter den Sohlen
Wie eine gespenstige Melodei;
Das ist der Geigemann ungetreu,
Das ist der diebische Fiedler Knauf,
Der den Hochzeitheller gestohlen!

Da birst das Moor, ein Seufzer geht
Hervor aus der klaffenden Höhle;
Weh, weh, da ruft die verdammte Margret:
»Ho, ho, meine arme Seele!«
Der Knabe springt wie ein wundes Reh;
Wär' nicht Schutzengel in seiner Näh',
Seine bleichenden Knöchelchen fände spät
Ein Gräber im Moorgeschwehle.

Da mählich gründet der Boden sich,
Und drüben, neben der Weide,
Die Lampe flimmert so heimatlich,
Der Knabe steht an der Scheide.
Tief atmet er auf, zum Moor zurück
Noch immer wirft er den scheuen Blick:
Ja, im Geröhre war's fürchterlich,
O schaurig war's in der Heide!

Der Schloßelf

In monderhellten Weihers Glanz
Liegt brütend wie ein Wasserdrach'
Das Schloß mit seinem Zackenkranz,
Mit Zinnenmoos und Schuppendach.
Die alten Eichen stehn von fern,
Respektvoll flüsternd mit den Wellen,
Wie eine graue Garde gern
Sich mag um graue Herrscher stellen.

Am Tore schwenkt, ein Steinkoloß,
Der Bannerherr die Kreuzesfahn',
Und kurbettierend schnaubt sein Roß
Jahrhunderte schon himmelan;
Und neben ihm, ein Tantalus,
Lechzt seit Jahrhunderten sein Dogge
Gesenkten Halses nach dem Fluß,
Im dürren Schlunde Mooses Flocke.

Ob längst die Mitternacht verklang,
Im Schlosse bleibt es immer wach;
Streiflichter gleiten rasch entlang
Den Korridor und das Gemach.
Zuweilen durch des Hofes Raum
Ein hüpfendes Laternchen ziehet;
Dann horcht der Wandrer, der am Saum
Des Weihers in den Binsen knieet.

»Ave Maria! stärke sie!
Und hilf ihr über diese Nacht!«
Ein frommer Bauer ist's, der früh
Sich auf die Wallfahrt hat gemacht.
Wohl weiß er, was der Lichterglanz
Mag seiner gnäd'gen Frau bedeuten;
Und eifrig läßt den Rosenkranz
Er durch die schwiel'gen Finger gleiten.

Doch durch sein christliches Gebet
Manch Heidennebel schwankt und raucht;
Ob wirklich, wie die Sage geht,
Der Elf sich in den Weiher taucht,

So oft dem gräflichen Geschlecht
Der erste Sprosse wird geboren?
Der Bauer glaubt es nimmer recht,
Noch minder hätt' er es verschworen.

Scheu blickt er auf – die Nacht ist klar
Und gänzlich nicht gespensterhaft,
Gleich drüben an dem Pappelpaar
Zählt man die Zweige längs dem Schaft;
Doch stille! In dem Eichenrund –
Sind das nicht Tritte? – Kindestritte?
Er hört, wie an dem harten Grund
Sich wiegen, kurz und stramm, die Schritte.

Still! still! es raschelt übern Rain,
Wie eine Hinde, die im Tau,
Beherzt gemacht vom Mondenschein,
Vorsichtig äset längs der Au.
Der Bauer stutzt – die Nacht ist licht,
Die Blätter glänzen an dem Hagen,
Und dennoch – dennoch sieht er nicht,
Wen auf ihn zu die Schritte tragen.

Da, langsam knarrend, tut sich auf
Das schwere Heck zur rechten Hand,
Und, wieder langsam knarrend, drauf
Versinkt es in die grüne Wand.
Der Bauer ist ein frommer Christ;
Er schlägt behend des Kreuzes Zeichen:
»Und wenn du auch der Teufel bist,
Du mußt mir auf der Wallfahrt weichen!«

Da, hui! streift's ihn, federweich,
Da, hui! raschelt's in dem Grün,
Da, hui! zischt es in den Teich,
Daß bläulich Schilf und Binsen glühn;
Und wie ein knisterndes Geschoß
Fährt an den Grund ein bläulich Feuer
Im Augenblicke, wo vom Schloß
Ein Schrei verzittert überm Weiher.

Der Alte hat sich vorgebeugt,
Ihm ist, als schimmre, wie durch Glas,
Ein Kindesleib, phosphorisch, feucht
Und dämmernd, wie verlöschend Gas;
Ein Arm zerrinnt, ein Aug' verglimmt –
Lag denn ein Glühwurm in den Binsen?
Ein langes Fadenhaar verschwimmt,
Am Ende scheinen's Wasserlinsen!

Der Bauer starrt, hinab, hinauf,
Bald in den Teich, bald in die Nacht;
Da klirrt ein Fenster drüben auf,
Und eine Stimme ruft mit Macht:
»Nur schnell gesattelt! schnell zur Stadt!
Gebt dem Polacken Gert' und Sporen!
Viktoria! soeben hat
Die Gräfin einen Sohn geboren!«

Die Grenadiere

Nach Frankreich zogen zwei Grenadier,
Die waren in Rußland gefangen.
Und als sie kamen ins deutsche Quartier,
Sie ließen die Köpfe hangen.

Da hörten sie beide die traurige Mär:
Daß Frankreich verloren gegangen,
Besiegt und zerschlagen das große Heer –
Und der Kaiser, der Kaiser gefangen.

Da weinten zusammen die Grenadier
Wohl ob der kläglichen Kunde.
Der eine sprach: Wie weh wird mir,
Wie brennt meine alte Wunde!

Der andre sprach: Das Lied ist aus,
Auch ich möcht mit dir sterben,
Doch hab ich Weib und Kind zu Haus,
Die ohne mich verderben.

Was schert mich Weib, was schert mich Kind,
Ich trage weit beßres Verlangen;
Laß sie betteln gehn, wenn sie hungrig sind –
Mein Kaiser, mein Kaiser gefangen!

Gewähr mir, Bruder, eine Bitt:
Wenn ich jetzt sterben werde,
So nimm meine Leiche nach Frankreich mit,
Begrab mich in Frankreichs Erde.

Das Ehrenkreuz am roten Band
Sollst du aufs Herz mir legen;
Die Flinte gib mir in die Hand,
Und gürt mir um den Degen.

So will ich liegen und horchen still,
Wie eine Schildwach, im Grabe,
Bis einst ich höre Kanonengebrüll
Und wiehernder Rosse Getrabe.

Dann reitet mein Kaiser wohl über mein Grab,
Viel Schwerter klirren und blitzen;
Dann steig ich gewaffnet hervor aus dem Grab –
Den Kaiser, den Kaiser zu schützen.

Belsatzar

Die Mitternacht zog näher schon;
In stummer Ruh lag Babylon.

Nur oben in des Königs Schloß,
Da flackerts, da lärmt des Königs Troß.

Dort oben in dem Königssaal
Belsatzar hielt sein Königsmahl.

Die Knechte saßen in schimmernden Reihn,
Und leerten die Becher mit funkelndem Wein.

Es klirrten die Becher, es jauchzten die Knecht;
So klang es dem störrigen Könige recht.

Des Königs Wangen leuchten Glut;
Im Wein erwuchs ihm kecker Mut.

Und blindlings reißt der Mut ihn fort;
Und er lästert die Gottheit mit sündigem Wort.

Und er brüstet sich frech, und lästert wild;
Die Knechtenschar ihm Beifall brüllt.

Der König rief mit stolzem Blick;
Der Diener eilt und kehrt zurück.

Er trug viel gülden Gerät auf dem Haupt;
Das war aus dem Tempel Jehovahs geraubt.

Und der König ergriff mit frevler Hand
Einen heiligen Becher, gefüllt bis am Rand.

Und er leert ihn hastig bis auf den Grund,
Und rufet laut mit schäumendem Mund:

Jehovah! dir künd ich auf ewig Hohn –
Ich bin der König von Babylon!

Doch kaum das grause Wort verklang,
Dem König wards heimlich im Busen bang.

Das gellende Lachen verstummte zumal;
Es wurde leichenstill im Saal.

Und sieh! und sieh! an weißer Wand
Da kams hervor wie Menschenhand;

Und schrieb, und schrieb an weißer Wand
Buchstaben von Feuer, und schrieb und schwand.

Der König stieren Blicks da saß,
Mit schlotternden Knien und totenblaß.

Die Knechtenschar saß kalt durchgraut,
Und saß gar still, gab keinen Laut.

Die Magier kamen, doch keiner verstand
Zu deuten die Flammenschrift an der Wand.

Belsatzar ward aber in selbiger Nacht
Von seinen Knechten umgebracht.

Die Heimkehr

Ich weiß nicht, was soll es bedeuten,
Daß ich so traurig bin;
Ein Märchen aus alten Zeiten,
Das kommt mir nicht aus dem Sinn.

Die Luft ist kühl und es dunkelt,
Und ruhig fließt der Rhein;
Der Gipfel des Berges funkelt
Im Abendsonnenschein.

Die schönste Jungfrau sitzet
Dort oben wunderbar,
Ihr goldnes Geschmeide blitzet,
Sie kämmt ihr goldenes Haar.

Sie kämmt es mit goldenem Kamme,
Und singt ein Lied dabei;
Das hat eine wundersame,
Gewaltige Melodei.

Den Schiffer im kleinen Schiffe –
Ergreift es mit wildem Weh;
Er schaut nicht die Felsenriffe,
Er schaut nur hinauf in die Höh.

Ich glaube, die Wellen verschlingen
Am Ende Schiffer und Kahn;
Und das hat mit ihrem Singen
Die Lore-Lei getan.

St.Goarshausen
St.Goar
Loreley
Die Loreley
ein sich mächtig in den Strom vorschiebender
132 m hoher Basaltfelsen, durch Heines Volks-
lied zu seiner großen Volkstümlichkeit gelangt.
Südlich des Felsens bildet der Strom eine von
1813/14
Denkmal.
Burg Gutenfels.
Senkrecht über Caub mit hohem, viereckigem
Zinnenturm aus den ersten Jahrzehnten des 13. Jahr-
hunderts. 1640 von den Schweden besetzt, von
Gustav Adolf besucht.
Die Pfalz.
Im Rhein, viertürmiges Bauwerk aus
dem 11. Jahrhundert. Alte Zollwacht.
Lorch.
Am Ausgang des Wispertals. Hier
schönes Renaissancehaus der Hilchen,
eines von 1300 bis 1800 blühenden
Rittergeschlechts.
50
Burg Gutenfels
Oberwesel
Die Pfalz
Ruine Nollich
Wispertal
Henschhausen
Ruine Stahleck
Bacharach
40
Lorchhausen
Lorch
Nieder-Heimbach
Trechtingshausen
Rheinstein
Klemens-Kapelle
Assmannshausen
30
Ruine Ehrenfels
Bingerloch
Der

Kobes I

Im Jahre achtundvierzig hielt,
Zur Zeit der großen Erhitzung,
Das Parlament des deutschen Volks
Zu Frankfurt seine Sitzung.

Damals ließ auch auf dem Römer dort
Sich sehen die weiße Dame,
Das unheilkündende Gespenst;
Die Schaffnerin ist sein Name.

Man sagt, sie lasse sich jedesmal
Des Nachts auf dem Römer sehen,
So oft einen großen Narrenstreich
Die lieben Deutschen begehen.

Dort sah ich sie selbst um jene Zeit
Durchwandeln die nächtliche Stille
Der öden Gemächer, wo aufgehäuft
Des Mittelalters Gerülle.

Die Lampe und ein Schlüsselbund
Hielt sie in den bleichen Händen;
Sie schloß die großen Truhen auf
Und die Schränke an den Wänden.

Da liegen die Kaiserinsignia,
Da liegt die goldne Bulle,
Der Szepter, die Krone, der Apfel des Reichs
Und manche ähnliche Schrulle.

Da liegt das alte Kaiserornat,
Verblichen purpurner Plunder,
Die Garderobe des deutschen Reichs,
Verrostet, vermodert jetzunder.

Die Schaffnerin schüttelt wehmütig das Haupt
Bei diesem Anblick, doch plötzlich
Mit Widerwillen ruft sie aus:
Das Alles stinkt entsetzlich!

Das Alles stinkt nach Mäusedreck,
Das ist verfault und verschimmelt,
Und in dem stolzen Lumpenkram
Das Ungeziefer wimmelt.

Wahrhaftig, auf diesem Hermelin,
Dem Krönungsmantel, dem alten,
Haben die Katzen des Römerquartiers
Ihr Wochenbett gehalten.

Da hilft kein Ausklopfen! Daß Gott sich erbarm
Des künftigen Kaisers! Mit Flöhen
Wird ihn der Krönungsmantel gewiß
Auf Lebenszeit versehen.

Und wisset, wenn es den Kaiser juckt,
So müssen die Völker sich kratzen –
O Deutsche! Ich fürchte, die fürstlichen Flöh,
Die kosten euch manchen Batzen.

Jedoch wozu noch Kaiser und Flöh?
Verrostet ist und vermodert
Das alte Kostüm – Die neue Zeit
Auch neue Röcke fodert.

Mit Recht sprach auch der deutsche Poet
Zum Rotbart im Kyffhäuser:
»Betracht ich die Sache ganz genau,
So brauchen wir gar keinen Kaiser!«

Doch wollt ihr durchaus ein Kaisertum,
Wollt ihr einen Kaiser küren,
Ihr lieben Deutschen! laßt euch nicht
Von Geist und Ruhm verführen.

Erwählet kein Patrizierkind,
Erwählet Einen vom Plebse,
Erwählt nicht den Fuchs und nicht den Leu,
Erwählt den dümmsten der Schöpse.

Erwählt den Sohn Colonias,
Den dummen Kobes von Cöllen;
Der ist in der Dummheit fast eine Genie,
Er wird sein Volk nicht prellen.

Ein Klotz ist immer der beste Monarch,
Das zeigt Äsop in der Fabel;
Er frißt uns armen Frösche nicht,
Wie der Storch mit dem langen Schnabel.

Seid sicher, der Kobes wird kein Tyrann,
Kein Nero, kein Holofernes;
Er hat kein grausam antikes Herz,
Er hat ein weiches, modernes.

Der Krämerstolz verschmähte dies Herz,
Doch an die Brust des Heloten
Der Werkstatt warf der Gekränkte sich
Und ward die Blume der Knoten.

Die Brüder der Handwerksburschenschaft
Erwählten zum Sprecher den Kobes;
Er teilte mit ihnen ihr letztes Stück Brot,
Sie waren voll seines Lobes.

Sie rühmten, daß er nie studiert
Auf Universitäten
Und Bücher schrieb aus sich selbst heraus,
Ganz ohne Fakultäten.

Ja, seine ganze Ignoranz
Hat er sich selbst erworben;
Nicht fremde Bildung und Wissenschaft
Hat je sein Gemüt verdorben.

Gleichfalls sein Geist, sein Denken blieb
Ganz frei vom Einfluß abstrakter
Philosophie – Er blieb Er selbst!
Der Kobes ist ein Charakter.

In seinem schönen Auge glänzt
Die Träne, die stereotype;
Und eine dicke Dummheit liegt
Beständig auf seiner Lippe.

Er schwätzt und flennt und flennt und schwätzt,
Worte mit langen Ohren!
Eine schwangere Frau, die ihn reden gehört,
Hat einen Esel geboren.

Mit Bücherschreiben und Stricken vertreibt
Er seine müßigen Stunden;
Es haben die Strümpfe, die er gestrickt,
Sehr großen Beifall gefunden.

Apoll und die Musen muntern ihn auf,
Sich ganz zu widmen dem Stricken –
Sie erschrecken, so oft sie in seiner Hand
Einen Gänsekiel erblicken.

Das Stricken mahnt an die alte Zeit
Der Funken. Auf ihren Wachtposten
Standen sie strickend – die Helden von Köln
Sie ließen die Eisen nicht rosten.

Wird Kobes Kaiser, so ruft er gewiß
Die Funken wieder ins Leben.
Die tapfere Schar wird seinen Thron
Als Kaisergarde umgeben.

Wohl möcht ihn gelüsten, an ihrer Spitz
In Frankreich einzudringen,
Elsaß, Burgund und Lothringerland
An Deutschland zurückzubringen.

Doch fürchtet nichts, er bleibt zu Haus;
Hier fesselt ihn friedliche Sendung,
Die Ausführung einer hohen Idee,
Des Kölner Doms Vollendung.

Ist aber der Dom zu Ende gebaut,
Dann wird sich der Kobes erbosen
Und mit dem Schwerte in der Hand
Zur Rechenschaft ziehn die Franzosen.

Er nimmt ihnen Elsaß und Lothringen ab,
Das sie dem Reiche entwendet,
Er zieht auch siegreich nach Burgund –
Sobald der Dom vollendet.

Ihr Deutsche! bleibt ihr bei eurem Sinn,
Wollt ihr durchaus einen Kaiser,
So sei es ein Karnevalskaiser von Köln
Und Kobes der Erste heiß er!

Die Gecken des Kölner Faschingvereins,
Mit klingelnden Schellenkappen,
Die sollen seine Minister sein;
Er trage den Strickstrumpf im Wappen.

Der Drickes sei Kanzler, und nenne sich
Graf Drickes von Drickeshausen;
Die Staatsmätresse Marizebill,
Die soll den Kaiser lausen.

In seiner guten, heilgen Stadt Köln
Wird Kobes residieren –
Und hören die Kölner die frohe Mär,
Sie werden illuminieren.

Die Glocken, die eisernen Hunde der Luft,
Erheben ein Freudengebelle,
Und die heilgen drei Könge aus Morgenland
Erwachen in ihrer Kapelle.

Sie treten hervor mit dem Klappergebein,
Sie tänzeln vor Wonne und springen.
Halleluja und Kyrie
Eleison hör ich sie singen. – –

So sprach das weiße Nachtgespenst,
Und lachte aus voller Kehle;
Das Echo scholl so schauerlich
Durch all die hallenden Säle.

AUGUST HEINRICH HOFFMANN
VON FALLERSLEBEN

Hunde und Katzen

Die Hund' und Katzen die stritten sich
Und zankten sich um die Wette,
Wer unter ihnen urkundlich
Den ältesten Adel hätte.

»Wir haben ein uraltes Diplom
Lang' her von undenklichen Tagen,
Was Remus und Romulus einst zu Rom
Gab allen Isegrims-Magen.«

»Zeigt uns«, erwidern die Katzen, »wohlan!
Zeigt her die alten Briefe!
Was steht denn drin, was hangt denn dran?
Wo sind sie, in welchem Archive?«

Man schickte den Pudel eilig nach Rom
Zum Ärger der Katzen und Kater,
Der sollte holen das alte Diplom
Herbei vom heiligen Vater.

Der Pudel kommt ganz ungeniert
Zum Papst hereingetreten;
Er hat den Pantoffel ihm apportiert
Und dann ihn höflich gebeten.

Der Pudel empfing aus des Papstes Hand
Was das Hundevolk begehrte;
Dann zog er wiederum in sein Land
Auf seiner alten Fährte.

Und als er kam an den Po bei Rom,
Da schwamm vor ihm ein Braten,
Er schnappte danach und verlor sein Diplom,
Und mußt' es auf ewig entraten.

So stand die Sache nun wie zuletzt,
Der Streit blieb unentschieden,
Und Hund' und Katzen halten bis jetzt
Noch immer keinen Frieden.

Die Hunde, die denken noch immer so:
Wir werden sie schon überwinden!
Sie suchen und forschen noch immer am Po –
Und können den Adel nicht finden.

NIKOLAUS LENAU

Die drei Indianer

Mächtig zürnt der Himmel im Gewitter,
Schmettert manche Rieseneich in Splitter,
Übertönt des Niagara Stimme,
Und mit seiner Blitze Flammenruten
Peitscht er schneller die beschäumten Fluten,
Daß sie stürzen mit empörtem Grimme.

Indianer stehn am lauten Strande,
Lauschen nach dem wilden Wogenbrande,
Nach des Waldes bangem Sterbgestöhne;
Greis der eine, mit ergrautem Haare,
Aufrecht überragend seine Jahre,
Die zwei andern seine starken Söhne.

Seine Söhne jetzt der Greis betrachtet,
Und sein Blick sich dunkler jetzt umnachtet
Als die Wolken, die den Himmel schwärzen,
Und sein Aug versendet wildre Blitze
Als das Wetter durch die Wolkenritze,
Und er spricht aus tiefempörtem Herzen:

»Fluch den Weißen! ihren letzten Spuren!
Jeder Welle Fluch, worauf sie fuhren,
Die einst Bettler unsern Strand erklettert!
Fluch dem Windhauch, dienstbar ihrem Schiffe!
Hundert Flüche jedem Felsenriffe,
Das sie nicht hat in den Grund geschmettert!

Täglich übers Meer in wilder Eile
Fliegen ihre Schiffe, giftge Pfeile,
Treffen unsre Küste mit Verderben.
Nichts hat uns die Räuberbrut gelassen,
Als im Herzen tödlich bittres Hassen:
Kommt, ihr Kinder, kommt, wir wollen sterben!«

Also sprach der Alte, und sie schneiden
Ihren Nachen von den Uferweiden,
Drauf sie nach des Stromes Mitte ringen;
Und nun werfen sie weithin die Ruder,
Armverschlungen Vater, Sohn und Bruder
Stimmen an, ihr Sterbelied zu singen.

Laut ununterbrochne Donner krachen,
Blitze flattern um den Todesnachen,
Ihn umtaumeln Möwen sturmesmunter;
Und die Männer kommen festentschlossen
Singend schon dem Falle zugeschossen,
Stürzen jetzt den Katarakt hinunter.

Die Drei

Drei Reiter nach verlorner Schlacht,
Wie reiten sie so sacht, so sacht!

Aus tiefen Wunden quillt das Blut,
Es spürt das Roß die warme Flut.

Vom Sattel tropft das Blut, vom Zaum,
Und spült hinunter Staub und Schaum.

Die Rosse schreiten sanft und weich,
Sonst flöß das Blut zu rasch, zu reich.

Die Reiter reiten dicht gesellt,
Und einer sich am andern hält.

Sie sehn sich traurig ins Gesicht,
Und einer um den andern spricht:

»Mir blüht daheim die schönste Maid,
Drum tut mein früher Tod mir leid.«

»Hab Haus und Hof und grünen Wald,
Und sterben muß ich hier so bald!«

»Den Blick hab ich in Gottes Welt,
Sonst nichts, doch schwer mirs Sterben fällt.«

Und lauernd auf den Todesritt
Ziehn durch die Luft drei Geier mit.

Sie teilen kreischend unter sich:
»Den speisest du, den du, den ich.«

KARL SIMROCK

Der Rattenfänger

Zu Hameln fechten Mäus' und Ratzen
Am hellen Tage mit den Katzen;
Der Hungertod ist vor der Tür:
Was tut der weise Rat dafür?
Im ganzen Land
Macht er's bekannt:
Wer von den Räubern
Die Stadt kann säubern,
Des Bürgermeisters Töchterlein,
Die soll zum Lohn sein eigen sein.

Am dritten Tage hört man's klingen,
Wie wenn im Lenz die Schwalben singen.
Der Rattenfänger zieht heran:
O seht den bunten Jägersmann!
Er blickt so wild
Und singt so mild:
Die Ratten laufen
Ihm zu in Haufen;
Er lockt sie nach mit Wunderschall,
Ertränkt sie in der Weser all.

Die Bürger nach den Kirchen wallen,
Zum Dankgebet die Glocken schallen:
Des Bürgermeisters Töchterlein
Muß nun des Rattenfängers sein.
Der Vater spricht:
»Ich duld' es nicht!
So hoher Ehren
Mag ich entbehren:
Mit Sang und Flötenspiel gewinnt
Man keines Bürgermeisters Kind.«

In seinem bunten Jägerstaate
Erscheint der Spielmann vor dem Rate:
Sie sprechen all' aus einem Ton
Und weigern den bedungnen Lohn:

»Das Mägdelein?
Es kann nicht sein.
Herr Rattenfänger,
Müht Euch nicht länger!
Eu'r Flötenspiel ist eitel Dunst
Und kam wohl von des Satans Kunst.«

Am andern Morgen hört man's klingen,
Wie wenn die Nachtigallen singen,
Ein Flöten und ein Liedersang
So süß vertraut, so liebebang.
Da zieht heran
Der Jägersmann,
Der Rattenfänger,
Der Wundersänger,
Und Kinder, Knaben, Mägdelein,
In hellen Scharen hinterdrein.

Und hold und holder hört man's klingen,
Wie wenn die lieben Englein singen,
Und vor des Bürgermeisters Tür,
Da tritt sein einzig Kind herfür.
Das Mägdelein
Muß in den Reihn;
Die Mäuschen laufen
Ihm zu in Haufen:
Er lockt sie nach mit Wunderschall
Und nach der Weser zogen all.

Die Eltern liefen nach den Toren,
Doch jede Spur war schon verloren:
Kein Eckart hatte sie gewarnt,
Des Jägers Netz hält sie umgarnt.
Zwei kehrten um,
Eins blind, eins stumm:
Aus ihrem Munde
Kommt keine Kunde.
Da hob der Mütter Jammern an:
So rächte sich der Wundermann.

EDUARD MÖRIKE

Die Geister am Mummelsee

Vom Berge was kommt dort um Mitternacht spät
Mit Fackeln so prächtig herunter?
Ob das wohl zum Tanze, zum Feste noch geht?
Mir klingen die Lieder so munter.
O nein!
So sage, was mag es wohl sein?

Das, was du da siehest, ist Totengeleit,
Und was du da hörest, sind Klagen.
Dem König, dem Zauberer, gilt es zu Leid,
Sie bringen ihn wieder getragen.
O weh!
So sind es die Geister vom See!

Sie schweben herunter ins Mummelseetal –
Sie haben den See schon betreten –
Sie rühren und netzen den Fuß nicht einmal –
Sie schwirren in leisen Gebeten –
O schau,
Am Sarge die glänzende Frau!

Jetzt öffnet der See das grünspiegelnde Tor;
Gib acht, nun tauchen sie nieder!
Es schwankt eine lebende Treppe hervor,
Und – drunten schon summen die Lieder.
Hörst du?
Sie singen ihn unten zur Ruh'.

Die Wasser, wie lieblich sie brennen und glühn!
Sie spielen in grünendem Feuer;
Es geisten die Nebel am Ufer dahin,
Zum Meere verzieht sich der Weiher –
Nur still!
Ob dort sich nichts rühren will?

Es zuckt in der Mitten – o Himmel! ach hilf!
Nun kommen sie wieder, sie kommen!
Es orgelt im Rohr, und es klirret im Schilf;
Nur hurtig die Flucht nur genommen!
Davon!
Sie wittern, sie haschen mich schon!

Der Feuerreiter

Sehet ihr am Fensterlein
Dort die rote Mütze wieder?
Nicht geheuer muß es sein,
Denn er geht schon auf und nieder.
Und auf einmal welch Gewühle
Bei der Brücke, nach dem Feld!
Horch! das Feuerglöcklein gellt:
  Hinterm Berg,
  Hinterm Berg
Brennt es in der Mühle!

Schaut! da sprengt er wütend schier
Durch das Tor, der Feuerreiter,
Auf dem rippendürren Tier,
Als auf einer Feuerleiter!
Querfeldein! Durch Qualm und Schwüle
Rennt er schon und ist am Ort!
Drüben schallt es fort und fort:
  Hinterm Berg,
  Hinterm Berg
Brennt es in der Mühle!

Der so oft den roten Hahn
Meilenweit von fern gerochen,
Mit des heil'gen Kreuzes Span
Freventlich die Glut besprochen –
Weh! dir grinst vom Dachgestühle
Dort der Feind im Höllenschein.
Gnade Gott der Seele dein!
  Hinterm Berg,
  Hinterm Berg
Rast er in der Mühle!

Keine Stunde hielt es an,
Bis die Mühle borst in Trümmer:
Doch den kecken Reitersmann
Sah man von der Stunde nimmer.
Volk und Wagen im Gewühle
Kehren heim von all dem Graus;
Auch das Glöcklein klinget aus:
  Hinterm Berg,
  Hinterm Berg
Brennt's! –

Nach der Zeit ein Müller fand
Ein Gerippe samt der Mützen
Aufrecht an der Kellerwand
Auf der beinern Mähre sitzen:
Feuerreiter, wie so kühle
Reitest du in deinem Grab!
Husch! da fällt's in Asche ab.
  Ruhe wohl,
  Ruhe wohl
Drunten in der Mühle!

FERDINAND FREILIGRATH

»Prinz Eugen, der edle Ritter«

Zelte, Posten, Werda-Rufer!
Lust'ge Nacht am Donauufer!
Pferde stehn im Kreis umher
Angebunden an den Pflöcken;
An den engen Sattelböcken
Hangen Karabiner schwer.

Um das Feuer auf der Erde,
Vor den Hufen seiner Pferde
Liegt das östreich'sche Pikett.
Auf dem Mantel liegt ein jeder,
Von den Tschakos weht die Feder,
Leutnant würfelt und Kornett.

Neben seinem müden Schecken
Ruht auf einer wollnen Decken
Der Trompeter ganz allein:
»Laßt die Knöchel, laßt die Karten!
Kaiserliche Feldstandarten
Wird ein Reiterlied erfreun!

Vor acht Tagen die Affäre
Hab' ich, zu Nutz dem ganzen Heere,
In gehör'gen Reim gebracht;
Selber auch gesetzt die Noten;
Drum, ihr Weißen und ihr Roten!
Merket auf und gebet acht!«

Und er singt die neue Weise
Einmal, zweimal, dreimal leise
Denen Reitersleuten vor;
Und wie er zum letzten Male
Endet, bricht mit einem Male
Los der volle kräft'ge Chor:

»Prinz Eugen, der edle Ritter!«
Hei, das klang wie Ungewitter
Weit ins Türkenlager hin.
Der Trompeter tät den Schnurrbart streichen,
Und sich auf die Seite schleichen
Zu der Marketenderin.

FRIEDRICH HEBBEL

Das Kind am Brunnen

Frau Amme, Frau Amme, das Kind ist erwacht!
  Doch die liegt ruhig im Schlafe.
Die Vöglein zwitschern, die Sonne lacht,
  Am Hügel weiden die Schafe.

Frau Amme, Frau Amme, das Kind steht auf,
  Es wagt sich weiter und weiter!
Hinab zum Brunnen nimmt es den Lauf,
  Da stehen Blumen und Kräuter.

Frau Amme, Frau Amme, der Brunnen ist tief!
  Sie schläft, als läge sie d'rinnen!
Das Kind läuft schnell, wie es nie noch lief,
  Die Blumen locken's von hinnen.

Nun steht es am Brunnen, nun ist es am Ziel,
  Nun pflückt es die Blumen sich munter,
Doch bald ermüdet das reizende Spiel,
  Da schaut's in die Tiefe hinunter.

Und unten erblickt es ein holdes Gesicht,
  Mit Augen, so hell und so süße.
Es ist sein eig'nes, das weiß es noch nicht,
  Viel stumme, freundliche Grüße!

Das Kindlein winkt, der Schatten geschwind
  Winkt aus der Tiefe ihm wieder.
Herauf! Herauf! So meint's das Kind:
  Der Schatten: Hernieder! Hernieder!

Schon beugt es sich über den Brunnenrand,
  Frau Amme, du schläfst noch immer !
Da fallen die Blumen ihm aus der Hand,
  Und trüben den lockenden Schimmer.

Verschwunden ist sie, die süße Gestalt,
Verschluckt von der hüpfenden Welle,
Das Kind durchschauert's fremd und kalt,
Und schnell enteilt es der Stelle.

Tannhäuser

Wie wird die Nacht so lüstern!
Wie blüht so reich der Wald!
In allen Wipfeln flüstern
Viel Stimmen mannigfalt.
Die Bächlein blinken und rauschen,
Die Blumen duften und glühn,
Die Marmorbilder lauschen
Hervor aus dunklem Grün.

Die Nachtigall ruft: Zurück! zurück!
Der Knab' schickt nur voraus den Blick;
Sein Herz ist wild, sein Sinn getrübt,
Vergessen Alles, was er liebt.

Er kommt zum Schloß im Garten,
Die Fenster sind voll Glanz,
Am Thor die Pagen warten
Und droben klingt der Tanz.
Er schreitet hinauf die Treppen,
Er tritt hinein in den Saal,
Da rauschen die Sammetschleppen,
Da blinkt der Goldpokal.

Die Nachtigall ruft: Zurück! zurück!
Der Knab' schickt nur voraus den Blick;
Sein Herz ist wild, sein Sinn getrübt,
Vergessen Alles, was er liebt.

Die schönste von den Frauen
Reicht ihm den Becher hin,
Ihm rinnt ein süßes Grauen
Seltsam durch Herz und Sinn.
Er leert ihn bis zum Grunde,
Da spricht am Thor der Zwerg:
Der Unsre bist zur Stunde,
Dies ist der Venusberg.

Die Nachtigall ruft nur noch von fern,
Den Knaben treibt sein böser Stern;
Sein Herz ist wild, sein Sinn getrübt,
Vergessen Alles, was er liebt.

Und endlich fort vom Reigen
Führt ihn das schöne Weib;
Ihr Auge blickt so eigen,
Verlockend glüht ihr Leib.
Fern von des Fests Gewimmel
Da blühen die Lauben so dicht –
In Wolken birgt am Himmel
Der Mond sein Angesicht.

Der Nachtigall Ruf ist lang verhallt,
Den Knaben treibt der Lust Gewalt;
Sein Herz ist wild, sein Sinn getrübt,
Vergessen Alles, was er liebt. – –

Und als es wieder taget,
Da liegt er ganz allein;
Im Walde um ihn raget
Verwildertes Gestein.
Kühl geht die Luft von Norden
Und streut das Laub umher;
Er selbst ist grau geworden,
Und bang sein Herz und leer.

Er sitzt und starret vor sich hin,
Und schüttelt das Haupt in irrem Sinn.
Die Nachtigall ruft: Zu spät! zu spät!
Der Wind die Stimme von dannen weht.

GEORG HERWEGH

Parabel

Erlaubt mir, daß ich 'mal berichte
Euch eine alberne Geschichte:
Sie kommt mir eben in den Sinn,
Geduld ist deutsch, drum nehmt sie hin.

War eine brave, brave Frau,
Die nahm's im Dienste wohl genau,
Und macht', so brav sie auch gewesen,
Doch niemals vieles Federlesen.

Die Frau hatt' einen muntern Hahn,
Der kräht' ihr stets den Morgen an,
Und war nach seiner Hahn-Natur
Für sie die allerbeste Uhr.

Sobald den Tag er angesagt,
Da weckt' die Frau die faule Magd,
Was unsere Magd gar schwer verdroß,
Daß sie im Grimme einst beschloß,

Dem Vogel zu stutzen seine Schwingen
Und, meld' ich's kurz, ihn umzubringen.
Es war gedacht, es war getan,
Die Götter bekamen einen Hahn.

Was aber hat die Magd gewonnen?
Die sonst geweckt ward mit der Sonnen,
Ward nun geweckt um Mitternacht,
Nachdem den Hahn sie umgebracht.

Ach! sprach die Magd, die schwer Betörte,
Wenn ich den Hahn doch krähen hörte!
Sein Krähen hat so schön geklungen,
Als hätt' eine Nachtigall gesungen.

»Und nun der Witz? wir bitten dich!«
Ihr kennt die Frau so gut wie ich;
Sie ist die schönste weit und breit,
Ihr Anblick die volle Seligkeit.

Ihr kennt wohl auch des Nachbars Hahn,
Dem ihr soviel zuleid getan;
Und wenn ihr mich nach dem Dritten fragt:
»Du, deutsches Volk, du bist die Magd!«

Doch wenn ihr den Hahn auch mordet, ihr Sklaven,
So denkt darum nicht länger zu schlafen,
Erst weckt' euch die Frau nach dem Hahnenschrei,
Nun ist's mit dem Schlummer auf ewig vorbei.

Die Freiheit kommt wie ein Dieb in der Nacht
Und ruft euch zu: »Erwacht! erwacht!«

Die Granitschale

Vor des Museums Säulen
Erhebt sich in Berlin
Die beste Zecherschale,
Die je der Mond beschien,
Und harret auf den Meister,
Der sie zu leeren wagt;
Doch keiner will sie heben,
Das sei dem Herrn geklagt!

Und bei des Königs Hause
Da hält die Totenwacht
Der alte Marschall Blücher,
Steht sinnend Tag und Nacht;
Er träumt vom alten König
Und hütet des Herren Herd,
Er träumt von schweren Zeiten
Und faßt im Zorn das Schwert.

Einst bei dem Brausen der Stürme
In eisiger Winternacht
Ward auch dem alten Marschall
Zu kalt auf seiner Wacht.
Er stampfte mit dem Fuße
Auf sein Gestell von Erz,
Und strich das Eis vom Barte
Und rief in wildem Scherz:

»Herr Bülow, Meister Scharnhorst
Ihr Heergesellen von Stein,
Ihr tragt von Reif und Eise
Gar kühle Mäntelein.
Herab von euren Posten
Ihr Herren von der Wacht!
Ich weiß ein gutes Labsal,
Das wärmt in solcher Nacht.«

Dazu nun waren die Herren
Von Herzen gern bereit
Und stäubten sich mit Lachen
Den Schnee vom kalten Kleid.
Sie stiegen mit dröhnenden Schritten
Von ihrem Stand herab
Und reichten die starken Hände
Einander aus dem Grab.

Und zur granitenen Schale
Führt' beide der Marschall hin,
Dort wob und glüht' und braute
Geschäft'ger Geistersinn.
Die Herren tranken fröhlich
Trotz Eisesfrost und Wind
Und sangen gute Reime,
Die jetzt vergessen sind.

Da lachte der alte Marschall:
»Mich haben mit vieler Pracht
Die Musen einst in Oxford
Zu ihrem Sohn gemacht,
Und ihre wilden Knaben
Durchfuhren mit starkem Sang
Die Heeresreih' der Franken
Bei meiner Hörner Klang.

Drum bring' ich diesen Becher
Der Musen jungem Geschlecht,
Vorwärts, ihr deutschen Männer,
Zu Freiheit, Licht und Recht!
Vorwärts mit deutschem Vertrauen,
Mit alter Lieb' und Treu'!« –
Da sprang mit plötzlichem Krachen
Der steinerne Becher entzwei.

Jetzt steht mit starken Stützen
Im runden Himmelssaal
Vor des Museums Säulen
Zerbrochen der Steinpokal.
Und bei dem Haus des Königs
Hält zornig auf der Wacht
Der alte Marschall Blücher
Das Schwert bei Tag und Nacht.

THEODOR STORM

Weihnachtsabend
1852

Die fremde Stadt durchschritt ich sorgenvoll,
Der Kinder denkend, die ich ließ zu Haus.
Weihnachten war's; durch alle Gassen scholl
Der Kinderjubel und des Markts Gebraus.

Und wie der Menschenstrom mich fortgespült,
Drang mir ein heiser' Stimmlein in das Ohr:
»Kauft, lieber Herr!« Ein magres Händchen hielt
Feilbietend mir ein ärmlich' Spielzeug vor.

Ich schrak empor; und beim Laternenschein
Sah ich ein bleiches Kinderangesicht;
Wes Alters und Geschlecht es mochte sein,
Erkannt' ich im Vorübertreiben nicht.

Nur von dem Treppenstein, darauf es saß,
Noch immer hört' ich, mühsam, wie es schien:
»Kauft, lieber Herr!« den Ruf ohn' Unterlaß;
Doch hat wohl Keiner ihm Gehör verliehn.

Und ich? War's Ungeschick, war es die Scham,
Am Weg zu handeln mit dem Bettelkind?
Eh' meine Hand zu meiner Börse kam,
Verscholl das Stimmlein hinter mir im Wind.

Doch als ich endlich war mit mir allein,
Erfaßte mich die Angst im Herzen so,
Als säß' mein eigen Kind auf jenem Stein,
Und schrie' nach Brot, indessen ich entfloh.

Archibald Douglas

»Ich hab' es getragen sieben Jahr
Und ich kann es nicht tragen mehr,
Wo immer die Welt am schönsten war,
Da war sie öd' und leer.

Ich will hintreten vor sein Gesicht
In dieser Knechtsgestalt,
Er kann meine Bitte versagen nicht,
Ich bin ja worden alt.

Und trüg' er noch den alten Groll,
Frisch wie am ersten Tag,
So komme, was da kommen soll,
Und komme, was da mag.«

Graf Douglas spricht's. Am Weg ein Stein
Lud ihn zu harter Ruh,
Er sah in Wald und Feld hinein,
Die Augen fielen ihm zu.

Er trug einen Harnisch, rostig und schwer,
Darüber ein Pilgerkleid –
Da horch, vom Waldrand scholl es her.
Wie von Hörnern und Jagdgeleit.

Und Kies und Staub aufwirbelte dicht,
Her jagte Meut' und Mann,
Und ehe der Graf sich aufgericht't,
Waren Roß und Reiter heran.

König Jakob saß auf hohem Roß,
Graf Douglas grüßte tief,
Dem König das Blut in die Wange schoß,
Der Douglas aber rief:

»König Jakob, schaue mich gnädig an
Und höre mich in Geduld,
Was meine Brüder dir angetan,
Es war nicht meine Schuld.

Denk nicht an den alten Douglas-Neid,
Der trotzig dich bekriegt,
Denk lieber an deine Kinderzeit,
Wo ich dich auf den Knien gewiegt.

Denk lieber zurück an Stirling-Schloß,
Wo ich Spielzeug dir geschnitzt,
Dich gehoben auf deines Vaters Roß
Und Pfeile dir zugespitzt.

Denk lieber zurück an Linlithgow,
An den See und den Vogelherd,
Wo ich dich fischen und jagen froh
Und schwimmen und springen gelehrt.

O denk an alles, was einsten war,
Und sänftige deinen Sinn,
Ich hab' es gebüßet sieben Jahr,
Daß ich ein Douglas bin.«

»Ich seh' dich nicht, Graf Archibald,
Ich hör' deine Stimme nicht,
Mir ist, als ob ein Rauschen im Wald
Von alten Zeiten spricht.

Mir klingt das Rauschen süß und traut,
Ich lausch' ihm immer noch,
Dazwischen aber klingt es laut:
Er ist ein Douglas doch.

Ich seh' dich nicht, ich höre dich nicht,
Das ist alles, was ich kann,
Ein Douglas vor meinem Angesicht
Wär' ein verlorener Mann.«

König Jakob gab seinem Roß den Sporn,
Bergan ging jetzt sein Ritt,
Graf Douglas faßte den Zügel vorn
Und hielt mit dem Könige Schritt.

Der Weg war steil, und die Sonne stach,
Und sein Panzerhemd war schwer,
Doch ob er schier zusammenbrach,
Er lief doch nebenher.

»König Jakob, ich war dein Seneschall,
Ich will es nicht fürder sein,
Ich will nur warten dein Roß im Stall
Und ihm schütten die Körner ein.

Ich will ihm selber machen die Streu
Und es tränken mit eig'ner Hand,
Nur laß mich atmen wieder aufs neu
Die Luft im Vaterland.

Und willst du nicht, so hab' einen Mut,
Und ich will es danken dir,
Und zieh dein Schwert und triff mich gut
Und laß mich sterben hier.«

König Jakob sprang herab vom Pferd,
Hell leuchtete sein Gesicht,
Aus der Scheide zog er sein breites Schwert,
Aber fallen ließ er es nicht.

»Nimm's hin, nimm's hin und trag' es neu
Und bewache mir meine Ruh',
Der ist in tiefster Seele treu,
Wer die Heimat liebt wie du.

Zu Roß, wir reiten nach Linlithgow,
Und du reitest an meiner Seit',
Da wollen wir fischen und jagen froh,
Als wie in alter Zeit.«

Die Brück' am Tay
(28. Dezember 1879)

When shall we three meet again?
Macbeth

»Wann treffen wir drei wieder zusamm?«
»Um die siebente Stund', am Brückendamm.«
»Am Mittelpfeiler.«
»Ich lösche die Flamm.«
»Ich mit.«
»Ich komme vom Norden her.«
»Und ich vom Süden.«
»Und ich vom Meer.«

»Hei, das gibt einen Ringelreihn,
Und die Brücke muß in den Grund hinein.«

»Und der Zug, der in die Brücke tritt
Um die siebente Stund'?«
»Ei, der muß mit.«
»Muß mit.«

»Tand, Tand
Ist das Gebilde von Menschenhand!«

*

Auf der *Norderseite*, das Brückenhaus –
Alle Fenster sehen nach Süden aus,
Und die Brücknersleut' ohne Rast und Ruh
Und in Bangen sehen nach Süden zu,
Sehen und warten, ob nicht ein Licht
Übers Wasser hin »Ich komme« spricht,
»Ich komme, trotz Nacht und Sturmesflug,
Ich, der Edinburger Zug.«

Und der Brückner jetzt: »Ich seh' einen Schein
Am anderen Ufer. Das muß er sein.
Nun, Mutter, weg mit dem bangen Traum,
Unser Johnie kommt und will seinen Baum,
Und was noch am Baume von Lichtern ist,
Zünd' alles an wie zum heiligen Christ,
Der will heuer *zweimal* mit uns sein, –
Und in elf Minuten ist er herein.«

*

Und es war der Zug. Am *Süder*turm
Keucht er vorbei jetzt gegen den Sturm,
Und Johnie spricht: »Die Brücke noch!
Aber was tut es, wir zwingen es doch.
Ein fester Kessel, ein doppelter Dampf,
Die bleiben Sieger in solchem Kampf.
Und wie's auch rast und ringt und rennt,
Wir kriegen es unter, das Element.

Und unser Stolz ist unsre Brück';
Ich lache, denk' ich an früher zurück,
An all den Jammer und all die Not
Mit dem elend alten Schifferboot;
Wie manche liebe Christfestnacht
Hab' ich im Fährhaus zugebracht
Und sah unsrer Fenster lichten Schein
Und zählte und konnte nicht drüben sein.«

Auf der Norderseite, das Brückenhaus –
Alle Fenster sehen nach Süden aus,
Und die Brücknersleut' ohne Rast und Ruh
Und in Bangen sehen nach Süden zu;
Denn wütender wurde der Winde Spiel,
Und jetzt, als ob Feuer vom Himmel fiel',
Erglüht es in niederschießender Pracht
Überm Wasser unten ... Und wieder ist Nacht.

*

»Wann treffen wir drei wieder zusamm?«
　»Um Mitternacht, am Bergeskamm.«
　　»Auf dem hohen Moor, am Erlenstamm.«

»Ich komme.«
　　　　　»Ich mit.«
　　　　　　　　　　Ich nenn' euch die Zahl.«
»Und ich die Namen.«
　　　　　　　　　»Und ich die Qual.«
»Hei!
　　Wie Splitter brach das Gebälk entzwei.«

　　　　　　　　　»Tand, Tand
Ist das Gebilde von Menschenhand.«

Herr von Ribbeck auf Ribbeck im Havelland

Herr von Ribbeck auf Ribbeck im Havelland,
Ein Birnbaum in seinem Garten stand,
Und kam die goldene Herbsteszeit
Und die Birnen leuchteten weit und breit,
Da stopfte, wenn's Mittag vom Turme scholl,
Der von Ribbeck sich beide Taschen voll,
Und kam in Pantinen ein Junge daher,
So rief er: »Junge, wiste 'ne Beer?«
Und kam ein Mädel, so rief er: »Lütt Dirn,
Kumm man röwer, ick hebb 'ne Birn.«

So ging es viel Jahre, bis lobesam
Der von Ribbeck auf Ribbeck zu sterben kam.
Er fühlte sein Ende. 's war Herbsteszeit,
Wieder lachten die Birnen weit und breit,
Da sagte von Ribbeck: »Ich scheide nun ab.
Legt mir eine Birne mit ins Grab.«
Und drei Tage drauf, aus dem Doppeldachhaus,
Trugen von Ribbeck sie hinaus,
Alle Bauern und Büdner mit Feiergesicht
Sangen »Jesus meine Zuversicht«,
Und die Kinder klagten, das Herze schwer:
»He is dod nu. Wer giwt uns nu 'ne Beer?«

So klagten die Kinder. Das war nicht recht,
Ach, sie kannten den alten Ribbeck schlecht,
Der *neue* freilich, der knausert und spart,
Hält Park und Birnbaum strenge verwahrt.
Aber der *alte*, vorahnend schon
Und voll Mißtrauen gegen den eigenen Sohn,
Der wußte genau, was damals er tat,
Als um eine Birn' ins Grab er bat,
Und im dritten Jahr, aus dem stillen Haus
Ein Birnbaumsprößling sproßt heraus.

Und die Jahre gehen wohl auf und ab,
Längst wölbt sich ein Birnbaum über dem Grab,
Und in der goldenen Herbsteszeit
Leuchtet's wieder weit und breit.
Und kommt ein Jung' übern Kirchhof her,
So flüstert's im Baume: »Wist 'ne Beer?«
Und kommt ein Mädel, so flüstert's: »Lütt Dirn,
Kumm man röwer, ich gew di 'ne Birn.«

So spendet Segen noch immer die Hand
Des von Ribbeck auf Ribbeck im Havelland.

Jung Tirel

»Jung Tirel, fuhrest über See?
Jung Tirel, mir willkommen hie!
Sahst du so dunkle Forste je?
So stolze Forste sahst du nie!

Ein englisch Wild erst umgebracht!
Dann geb ich dir ein englisch Lehn!«
Jung Tirel, dem das Herze lacht,
Läßt seine blanken Zähne sehn.

»Wer heut den besten Schuß mir tut,
Den Achtzehnender mir erlegt,
Der nehme sich als Lehensgut
Den Königsforst, der ihn gehegt!

Zuschwör ich dirs auf diesen Bart,
Der feuerrot die Brust mir deckt!
Zu Wald! Zu Wald! Der Rappe scharrt!
Die Bracke spürt! Der Rüde bleckt!«

Herr Wilhelm stößt ins Jägerhorn,
Ein Geier krächzt in seinem Horst,
Die Wipfel peitscht ein dunkler Zorn,
Es braust und tost. Dann schweigt der Forst.

Herr Wilhelm schlägt mit Tirel Rat:
»Ich links, du rechts! Fort! Gute Birsch!«
Es knirscht das Laub, darauf er trat.
In heller Lichtung äst ein Hirsch:

Ein Rothirsch, der vier Ellen mißt,
Daß sich ein Jägerherze freut,
Der dieses Forstes König ist,
Mit weit verästetem Gestäud.

Her raunts aus Waldesfinsternis
Zu Tirel, der sich duckt ins Moos:
»Verdammt, daß mir die Sehne riß!
Drück du in Teufels Namen los!«

Herr Tirel lauscht. »Wer sprach das Wort?«
Ein Weilchen schweigts im Laubesdach.
»Schieß, Tirel!« raunts von anderm Ort.
Er schießt. Genüber stöhnt ein Ach.

Herr Tirel, das war schlimme Birsch!
Im Dickicht rinnt ein Bächlein rot.
Ihr fehltet Englands größten Hirsch
Und schosset Englands König tot.

Die Füße im Feuer

Wild zuckt der Blitz. In fahlem Lichte steht ein Turm.
Der Donner rollt. Ein Reiter kämpft mit seinem Roß,
Springt ab und pocht ans Tor und lärmt. Sein Mantel saust
Im Wind. Er hält den scheuen Fuchs am Zügel fest.
Ein schmales Gitterfenster schimmert goldenhell
Und knarrend öffnet jetzt das Tor ein Edelmann...

»Ich bin ein Knecht des Königs, als Kurier geschickt
Nach Nîmes. Herbergt mich! Ihr kennt des Königs Rock!«
»Es stürmt. Mein Gast bist du. Dein Kleid, was kümmert's mich?
Tritt ein und wärme dich! Ich sorge für dein Tier!«
Der Reiter tritt in einen dunkeln Ahnensaal,
Von eines weiten Herdes Feuer schwach erhellt,
Und je nach seines Flackerns launenhaftem Licht
Droht hier ein Hugenott im Harnisch, dort ein Weib,
Ein stolzes Edelweib aus braunem Ahnenbild...
Der Reiter wirft sich in den Sessel vor dem Herd
Und starrt in den lebendgen Brand. Er brütet, gafft...
Leis sträubt sich ihm das Haar. Er kennt den Herd, den Saal...
Die Flamme zischt. Zwei Füße zucken in der Glut.

Den Abendtisch bestellt die greise Schaffnerin
Mit Linnen blendend weiß. Das Edelmägdlein hilft.
Ein Knabe trug den Krug mit Wein. Der Kinder Blick
Hangt schreckensstarr am Gast und hangt am Herd entsetzt...
Die Flamme zischt. Zwei Füße zucken in der Glut.
»Verdammt! Dasselbe Wappen! Dieser selbe Saal!
Drei Jahre sind's... Auf einer Hugenottenjagd...
Ein fein, halsstarrig Weib... ›Wo steckt der Junker? Sprich!‹
Sie schweigt. ›Bekenn!‹ Sie schweigt. ›Gib ihn heraus!‹ Sie schweigt.
Ich werde wild. *Der* Stolz! Ich zerre das Geschöpf...
Die nackten Füße pack ich ihr und strecke sie
Tief mitten in die Glut... ›Gib ihn heraus!‹ ... Sie schweigt...
Sie windet sich... Sahst du das Wappen nicht am Tor?
Wer hieß dich hier zu Gaste gehen, dummer Narr?
Hat er nur einen Tropfen Bluts, erwürgt er dich.«
Eintritt der Edelmann. »Du träumst! Zu Tische, Gast...«

Da sitzen sie. Die drei in ihrer schwarzen Tracht
Und er. Doch keins der Kinder spricht das Tischgebet.
Ihn starren sie mit aufgerißnen Augen an –
Den Becher füllt und übergießt er, stürzt den Trunk,
Springt auf: »Herr, gebet jetzt mir meine Lagerstatt!
Müd bin ich wie ein Hund!« Ein Diener leuchtet ihm,
Doch auf der Schwelle wirft er einen Blick zurück
Und sieht den Knaben flüstern in des Vaters Ohr ...
Dem Diener folgt er taumelnd in das Turmgemach.

Fest riegelt er die Tür. Er prüft Pistol und Schwert.
Gell pfeift der Sturm. Die Diele bebt. Die Decke stöhnt.
Die Treppe kracht ... Dröhnt hier ein Tritt? ...
Schleicht dort ein Schritt? ...

Ihn täuscht das Ohr. Vorüberwandelt Mitternacht.
Auf seinen Lidern lastet Blei und schlummernd sinkt
Er auf das Lager. Draußen plätschert Regenflut.

Er träumt. »Gesteh!« Sie schweigt. »Gib ihn heraus!« Sie schweigt.
Er zerrt das Weib. Zwei Füße zucken in der Glut.
Aufsprüht und zischt ein Feuermeer, das ihn verschlingt ...
»Erwach! Du solltest längst von hinnen sein! Es tagt!«
Durch die Tapetentür in das Gemach gelangt,
Vor seinem Lager steht des Schlosses Herr – ergraut,
Dem gestern dunkelbraun sich noch gekraust das Haar.

Sie reiten durch den Wald. Kein Lüftchen regt sich heut.
Zersplittert liegen Ästetrümmer quer im Pfad.
Die frühsten Vöglein zwitschern, halb im Traume noch.
Friedsel'ge Wolken schwimmen durch die klare Luft,
Als kehrten Engel heim von einer nächt'gen Wacht.
Die dunkeln Schollen atmen kräft'gen Erdgeruch.
Die Ebne öffnet sich. Im Felde geht ein Pflug.
Der Reiter lauert aus den Augenwinkeln: »Herr,
Ihr seid ein kluger Mann und voll Besonnenheit
Und wißt, daß ich dem größten König eigen bin.
Lebt wohl. Auf Nimmerwiedersehn!« Der andre spricht:
»Du sagst's! Dem größten König eigen! Heute ward
Sein Dienst mir schwer ... Gemordet hast du teuflisch mir
Mein Weib! Und lebst! ... Mein ist die Rache, redet Gott.«

VIKTOR VON SCHEFFEL

Der Ichthyosaurus

Es rauscht in den Schachtelhalmen,
Verdächtig leuchtet das Meer,
Da schwimmt mit Tränen im Auge
Ein Ichthyosaurus daher.

Ihn jammert der Zeiten Verderbnis,
Denn ein sehr bedenklicher Ton
War neuerlich eingerissen
In der Liasformation.

»Der Plesiosaurus, der Alte,
Er jubelt in Saus und Braus,
Der Pterodaktylus selber
Flog neulich betrunken nach Haus.

Der Iguanodon, der Lümmel,
Wird frecher zu jeglicher Frist,
Schon hat er am hellen Tage
Die Ichthyosaura geküßt.

Mir ahnt eine Weltkatastrophe,
So kann es ja länger nicht gehn;
Was soll aus dem Lias noch werden,
Wenn solche Dinge geschehn?«

So klagte der Ichthyosaurus,
Da ward es ihm kreidig zumut';
Sein letzter Seufzer verhallte
Im Qualmen und Zischen der Flut.

Es starb zu derselbigen Stunde
Die ganze Saurierei,
Sie kamen zu tief in die Kreide,
Da war es natürlich vorbei.

Und der uns hat gesungen
Dies petrefaktische Lied,
Der fand's als fossiles Albumblatt
Auf einem Koprolith.

DETLEV VON LILIENCRON

Trutz, Blanke Hans

Heut bin ich über Rungholt gefahren,
Die Stadt ging unter vor sechshundert Jahren.
Noch schlagen die Wellen da wild und empört,
Wie damals, als sie die Marschen zerstört.
Die Maschine des Dampfers schütterte, stöhnte,
Aus den Wassern rief es unheimlich und höhnte:
  Trutz, Blanke Hans.

Von der Nordsee, der Mordsee, vom Festland geschieden,
Liegen die frisischen Inseln im Frieden.
Und Zeugen weltenvernichtender Wut,
Taucht Hallig auf Hallig aus fliehender Flut.
Die Möwe zankt schon auf wachsenden Watten,
Der Seehund sonnt sich auf sandigen Platten.
  Trutz, Blanke Hans.

Mitten im Ozean schläft bis zur Stunde
Ein Ungeheuer, tief auf dem Grunde.
Sein Haupt ruht dicht vor Englands Strand,
Die Schwanzflosse spielt bei Brasiliens Sand.
Es zieht, sechs Stunden, den Atem nach innen
Und treibt ihn, sechs Stunden, wieder von hinnen.
  Trutz, Blanke Hans.

Doch einmal in jedem Jahrhundert entlassen
Die Kiemen gewaltige Wassermassen.
Dann holt das Untier tiefer Atem ein,
Und peitscht die Wellen und schläft wieder ein.
Viel tausend Menschen im Nordland ertrinken,
Viel reiche Länder und Städte versinken.
  Trutz, Blanke Hans.

Rungholt ist reich und wird immer reicher,
Kein Korn mehr faßt selbst der größeste Speicher.
Wie zur Blütezeit im alten Rom,
Staut hier täglich der Menschenstrom.
Die Sänften tragen Syrer und Mohren,
Mit Goldblech und Flitter in Nasen und Ohren.
  Trutz, Blanke Hans.

Auf allen Märkten, auf allen Gassen
Lärmende Leute, betrunkene Massen.
Sie ziehn am Abend hinaus auf den Deich:
Wir trotzen dir, Blanker Hans, Nordseeteich!
Und wie sie drohend die Fäuste ballen,
Zieht leis aus dem Schlamm der Krake die Krallen.
  Trutz, Blanke Hans.

Die Wasser ebben, die Vögel ruhen,
Der liebe Gott geht auf leisesten Schuhen.
Der Mond zieht am Himmel gelassen die Bahn,
Belächelt der protzigen Rungholter Wahn.
Von Brasilien glänzt bis zu Norwegs Riffen
Das Meer wie schlafender Stahl, der geschliffen.
  Trutz, Blanke Hans.

Und überall Friede, im Meer, in den Landen.
Plötzlich wie Ruf eines Raubtiers in Banden:
Das Scheusal wälzte sich, atmete tief,
Und schloß die Augen wieder und schlief.
Und rauschende, schwarze, langmähnige Wogen
Kommen wie rasende Rosse geflogen.
  Trutz, Blanke Hans.

Ein einziger Schrei – die Stadt ist versunken,
Und Hunderttausende sind ertrunken.
Wo gestern noch Lärm und lustiger Tisch,
Schwamm andern Tags der stumme Fisch.
Heut bin ich über Rungholt gefahren,
Die Stadt ging unter vor sechshundert Jahren.
  Trutz, Blanke Hans?

FRANK WEDEKIND

Das Lied vom armen Kind

Es war einmal ein armes Kind,
Das war auf beiden Augen blind,
Auf beiden Augen blind;
Da kam ein alter Mann daher,
Der hört' auf keinem Ohre mehr,
Auf keinem Ohre mehr.
Sie zogen miteinander dann,
Das blinde Kind, der taube Mann,
Der arme, alte, taube Mann.

So zogen sie vor eine Tür,
Da kroch ein lahmes Weib herfür,
Ein lahmes Weib herfür.
Bei einem Automobilunglück
Ließ sie ihr linkes Bein zurück,
Das ganze Bein zurück.
Nun zogen weiter alle drei,
Das Kind, der Mann, das Weib dabei,
Das arme, lahme Weib dabei.

Ein Mägdlein zählte vierzig Jahr,
Derweil sie stets noch Jungfrau war,
Noch keusche Jungfrau war.
Um sie dafür zu strafen hart,
Schuf Gott ihr einen Knebelbart,
Ihr einen Knebelbart.
Sie flehte: »Laßt mich mit euch gehn,
Ihr Lieben, laßt mich mit euch gehn,
So wird noch Heil an mir geschehn!«

Am Wege lag ein räudiger Hund,
Der hatte keinen Zahn im Mund,
Nicht einen Zahn im Mund.
Fand er mal einen Knochen auch,
Er bracht ihn nicht in seinen Bauch,
Ihn nicht in seinen Bauch.
Nun trabte hinter den anderen vier,

Wiewohl er am Verenden schier,
Das alte, räudige Hundetier.

Ein Dichter lebt in tiefster Not,
Er starb den ewigen Hungertod,
Den ewigen Hungertod.
Mit Herzblut schrieb er sein Gedicht,
Man druckt es nicht, man liest es nicht,
Und niemand kennt es nicht.

Sein Leib war krank, sein Geist war wund,
Drum schloß er mit dem räudigen Hund
Der Freundschaft heiligen Seelenbund.

Und dann schrieb er zu aller Glück
Ein wundervolles Theaterstück,
Ein wundervolles Stück,
In welchem die Personen sind
Der taube Mann, das blinde Kind,
Das arme, blinde Kind,
Das lahme Weib, die Jungfrau zart,
Mit ihrem langen Knebelbart,
Die Jungfrau mit dem Knebelbart.

Und eh die nächste Stund entflohn,
Konnt jeder seine Rolle schon,
Die ganze Rolle schon.
Verständnisvoll führt die Regie
Das alte, räudige Hundevieh,
Das räudige Hundevieh.
Drauf ward das Schauspiel zensuriert
Und einstudiert und aufgeführt
Und ward ganz prachtvoll kritisiert.

Die Künstler fanden viel Applaus,
Man spannt dem Hund die Pferde aus
Und zieht ihn selbst nach Haus.
Da gab's nun auch Tantiemen viel
Und hohe Gagen für das Spiel,
Das ungemein gefiel. –
Nachdem sie ganz Europa sah,
Da reisten sie nach Amerika,
Nach Nord- und Südamerika.

Nun hört zum Schluß noch die Moral:
Gebrechen sind oft sehr fatal,
Sind manchmal eine Qual;
Frau Poesie schafft ohne Graus
Beneidenswertes Glück daraus,
Sie schafft das Glück daraus.
Dann schwillt der Mut, dann schwillt der Bauch,
Und sei's bei einer Jungfrau auch –
So ist's der Menschheit guter Brauch.

Das Lied

Es fuhr ein knecht hinaus zum wald
Sein bart war noch nicht flück
Er lief sich irr im wunderwald
Er kam nicht mehr zurück.

Das ganze dorf zog nach ihm aus
Vom früh- zum abendrot
Doch fand man nirgends seine spur
Da gab man ihn für tot.

So flossen sieben jahr dahin
Und eines morgens stand
Auf einmal wieder er vorm dorf
Und ging zum brunnenrand.

Sie fragten wer er wär und sahn
Ihm fremd ins angesicht
Der vater starb die mutter starb
Ein andrer kannt ihn nicht.

Vor tagen hab ich mich verirrt
Ich war im wunderwald
Dort kam ich recht zu einem fest
Doch heim trieb man mich bald.

Die leute tragen güldnes haar
Und eine haut wie schnee . .
So heissen sie dort sonn und mond
So berg und tal und see.

Da lachten all: in dieser früh
Ist er nicht weines voll.
Sie gaben ihm das vieh zur hut
Und sagten er ist toll.

So trieb er täglich in das feld
Und sass auf einem stein
Und sang bis in die tiefe nacht
Und niemand sorgte sein.

Nur kinder horchten seinem lied
Und sassen oft zur seit . . .
Sie sangen's als er lang schon tot
Bis in die spätste zeit.

Die Glocke von Hadamar

»Wir wollen dies Jahr die Felder am Rhein
Mit heißen Sicheln mähn,
Wie Sensen soll der Flammenschein
Über die Ernten gehn.

Gott gnade der Burg und gnade der Stadt,
Die meiner Faust widerspricht, –
Du hältst wohl auf die Kanone am Rad,
Aber Tilly – hältst du nicht!«

Und der Brabanter sprang vom Pferd,
Eisenumschlossen ganz,
Hell klirrend schlug an Koller und Schwert
Der eiserne Rosenkranz. –

Da stiegen die Wogen des Reiterkriegs,
Da prasselten Hieb und Schuß,
Und von dem Blute des Reitersiegs
Ward rot der blaue Fluß.

Was silberne Glocke gewesen einst,
Klingelt als Geld durchs Land,
Und wer die Messe gelesen einst,
Bettelt am Straßenrand. –

Zu Walmarod der Reichsbaron
Die Zugbrück zog er herauf:
»'s ist nicht für meine Religion,
Die gäb ich gern in Kauf,

's ist nicht für meine Baronie,
Für Thron nicht und Altar,
Ich kämpfe nur für dich, Sophie,
Sophie, und für dein Haar!

Für jedes Haar und für jeden Kuß
Einen Schwerthieb schlag ich dafür,

Bis ich Tillys Herz zwischen diesem Fuß
Und der alten Erde spür!

Geliebte, nun tauche den roten Mund
In den roten rheinischen Wein,
Wir läuten mit klingendem Gläsermund,
Wir läuten die Litanein!« – – –
– –

»Im Namen des Bastards der Marie,
Des Jesusknaben von Prag,
Ich will die Burg, und ich nehme sie
Vor Sankt Gertraudentag!

Nie lag ich so lange im Hinterhalt
Und nie so lang auf der Laur,
Niemals im ganzen Westerwald
Und im Walde von Montabaur.

Ich schwörs: *Wenn ich fange das girrende Paar:*
Sein Haupt vorm Beile sinkt,
Wenn drüben vom Kloster in Hadamar
Der Ton der Mette klingt!« – –

Der Söldner mit Schienen die Schenkel umschloß
Und prüfte des Flambergs Glanz,
Und in die Musketenkugel goß
Er Perlen vom Rosenkranz.

Und sie klommen empor trotz Pfeil und Tod
Im scheidenden Abendlicht,
Und sie fingen den Herren von Walmarod,
Das Weib aber – fingen sie nicht!

Durch den schweigenden Wald den verschwiegenen Pfad
Hinfloh sie aus Schande und Schlacht,
Und es säte der Hengst die Funkensaat
In die dunkele Furche der Nacht.

Zu Hadamar die alte Abtei
Träumte im Mondenlicht,
Sie schlich an der Türe des Pförtners vorbei,
Den Klopfer hob sie nicht.

Es komm die Stufen zum Glockenturm
Empor die schöne Sophie,
Tief atmete droben der Frühlingssturm,
Viel stürmischer atmete sie.

Und um den Klöppel der Glocke schlang
Sie die runden Arme fest,
Und hielt den schwankenden Glockenstrang
Zwischen ihre Schenkel gepreßt. –

Es zog der Mönch zur Mette das Seil,
Die Glocke war heut tot, –
Er riß zum zweiten am Glockenseil,
Da ward es blutig rot.

Anschlug er den Klöppel zum dritten Mal,
Da klang ein Schrei so schrill,
Ein Schrei voll wild verzweifelnder Qual,
Dann ward es totenstill,

Und nur die große Glocke hallt
Von Hadamar-Abtei
Zitternd über den Westerwald
Ihren letzten Sterbeschrei.

Und als er klang in Walmarod,
Ins Knie sank der Baron:
»Erbarm dich, Herr, um meinen Tod
Durch Christum, deinen Sohn!«

KARL KRAUS

Die Ballade vom Papagei

Couplet macabre

In Wien entkam ein Papagei.
Und als der arme Vogel frei,
rief deutlich er die Worte bald:
»Der wird noch hundert Jahre alt!«

Er rief es früh, er rief es spat,
er rief es durch die ganze Stadt,
er rief es durch den Wienerwald:
»Der wird noch hundert Jahre alt!«

Man fing den klugen Papagei,
doch setzte fort er sein Geschrei.
Er schrie, als wäre er bezahlt:
»Der wird noch hundert Jahre alt!«

Was fällt dem losen Vogel bei?
Und wem gehört der Papagei?
So riet man hin und riet man her,
von wo er denn entflogen wär'.

Da brachte man den Papagei
aufs Fundbüro zur Polizei.
Dort schrie er erst mit aller G'walt:
»Der wird noch hundert Jahre alt!«

Kaum daß er diesen Ruf getan,
sahn sich die Fundbeamten an,
sofort entschied der Kommissär:
»Der Vogel g'hört ins Belvedere!«

Gleich fragt dort an ein Polizist,
ob man nicht so etwas vermißt.
Erfreut sagt man, daß dem so sei,
und es kehrt heim der Papagei.

Extra=Blatt
Königlich privilegierte Berlinische Zeitung von Staats- und gelehrten
Der österreichische Thronf
und seine Gattin ermord
Sarajewo, 28. Juni.

Mit Ungeduld erwartet ihn
schon längst die Frau Erzherzogin.
Und es versetzt Franz Ferdinand:
»Ich bin vom Warten abgespannt!

Wo warst du denn die ganze Zeit?
Erzähl die letzte Neuigkeit!«
Da ruft er, daß im Schloß es schallt:
»Der wird noch hundert Jahre alt!«

Erzürnt sagt drauf Erzherzog Franz:
»Ja, jetzt erkenne ich dich ganz!«
Und es ergänzte die Sophie:
»Das ist die alte Melodie!«

Der Erzherzog war recht erbost:
»Weißt du mir keinen andern Trost?
Geht das so fort, so werd' ich halt
noch selber hundert Jahre alt!«

Jedoch dem klugen Papagei
war dieser Standpunkt einerlei.
Er rief – die Wirkung ließ ihn kalt:
»Noch hundert Jahre wirst du alt!«

Er übertrieb. Denn um ein Jahr
war diese Ansicht nicht mehr wahr.
Der Papagei, stumm trauert er
in dem verwaisten Belvedere.

Er schwingt sich auf – was will er tun?
Er ist schon fort – schon in Schönbrunn.
Mit der ihm eignen Konsequenz
fliegt er direkt zur Audienz.

Klar ist's, daß ihn sein Herz herzog:
denn er beweint den Erzherzog.
Er singt sein Lied, sein Gott erhalt':
»Der wird noch hundert Jahre alt!«

Und vor ihm steht ein Heldengreis,
der sich nicht mehr zu helfen weiß.
Der Vogel kreischt um die Gestalt:
»Der wird noch hundert Jahre alt!«

»So schrei nur, bis du heiser bist!«
»Ich schrei, solang du Kaiser bist!«
»Was ist denn das für eine Art?
Mir bleibt bekanntlich nichts erspart.

Trotzdem hat es mich sehr gefreut,
ich bin erst fünfundachtzig heut.
Das weitere werden wir noch sehn.
Bisher, das weiß ich, war's sehr schön.

Du prophezeist mir, hoff' ich, gut.
Doch bis dahin brauch' ich noch Blut.
Denn jetzt bin ich, das ist doch klar,
bin jetzt erst fünfundachtzig Jahr'.

Noch fünfzehn Jahr, du kluges Tier,
leb' ich fürs blutige Pläsier.
Dann gratulier, hast du noch Lust,
mir erst zum 18. August.«

Da ward dem armen Vogel bang.
Der Weltkrieg dauert ihm zu lang.
Und er verließ den grausen Ort
und sprach nicht mehr das alte Wort.

Die Jahre gingen nach und nach.
Es starb das Tier, von Alter schwach.
Es starb die Welt. Es starb die Zeit.
Es starb das Lied. Es starb das Leid.

Nur einer blieb. Nur einer war.
Nur einer wurde hundert Jahr'.
Und in des Todes Einerlei
lebt fort ein Urgroßpapagei.

HUGO VON HOFMANNSTHAL

Ballade vom kranken Kind

Das Kind mit fiebernden Wangen lag,
Rotgolden versank im Laub der Tag.
Das Fenster hing voller wildem Wein,
Da sah ein fremder Jüngling herein.

»Laß, Mutter, den schönen Knaben ein,
Er beut mir die Schale mit leuchtendem Wein
Seine Lippen sind wie Blumen rot,
Aus seinen Augen ein Feuer loht.«

Der nächste Tag verglomm im Teich,
Da stand am Fenster der Jüngling, bleich,
Mit Lippen wie giftige Blumen rot
Und einem Lächeln, das lockt und droht.

»Schick, Mutter, den fremden Knaben fort,
Mich zehrt die Glut und mein Leib verdorrt,
Mich ängstigt sein Lächeln, er hält mir her
Die Schale mit Wein, der ist heiß und schwer!

Ach Mutter, was bist du nicht erwacht!
Er kam geschlichen ans Bett bei Nacht:
Und, weh, seinen Wein ich getrunken hab
Und morgen könnt ihr mir graben das Grab!«

ERICH MÜHSAM

Der Revoluzzer

Der deutschen Sozialdemokratie gewidmet

War einmal ein Revoluzzer,
im Zivilstand Lampenputzer;
ging im Revoluzzerschritt
mit den Revoluzzern mit.

Und er schrie: »Ich revolüzze!«
Und die Revoluzzermütze
schob er auf das linke Ohr,
kam sich höchst gefährlich vor.

Doch die Revoluzzer schritten
mitten in der Straßen Mitten,
wo er sonsten unverdrutzt
alle Gaslaternen putzt.

Sie vom Boden zu entfernen,
rupfte man die Gaslaternen
aus dem Straßenpflaster aus,
zwecks des Barrikadenbaus.

Aber unser Revoluzzer
schrie: »Ich bin der Lampenputzer
dieses guten Leuchtelichts.
Bitte, bitte, tut ihm nichts!

Wenn wir ihn' das Licht ausdrehen,
kann kein Bürger nichts mehr sehen.
Laßt die Lampen stehn, ich bitt! –
Denn sonst spiel ich nicht mehr mit!«

Doch die Revoluzzer lachten,
und die Gaslaternen krachten,
und der Lampenputzer schlich
fort und weinte bitterlich.

Dann ist er zu Haus geblieben
und hat dort ein Buch geschrieben:
nämlich, wie man revoluzzt
und dabei doch Lampen putzt.

Die Nibelungen

In der dunkelnden Halle saßen sie,
Sie saßen geschart um die Flammen,
Hagen Tronje zur Linken, sein Schwert auf dem Knie,
Die Könige saßen zusammen.

Schön Kriemhild kauerte nah der Glut
Von ihren schmalen Händen
Zuckte der Schein wie Gold und Blut
Und sprang hinauf an den Wänden.

König Gunter sprach: »Mein Herz geht schwer,
Hör ich den Ostwind klagen!
Spielmann, lang deine Fiedel her,
Sing uns von frohen Tagen!«

Aufflog ein jubelnder Bogenstrich
Und flatterte an den Balken,
Herr Volker sang: »Einst zähmte ich
Einen edelen Falken ...«

Die blonde Kriemhild blickte auf
Und sprach mit Tränen und leise:
»Spielmann, hör mit dem Liede auf,
Sing eine andre Weise!«

Die braune Fiedel raunte alsbald
Träumend und ganz versonnen,
Herr Volker sang: »Im Odenwald
Da fließt ein kühler Bronnen ...«

Die blonde Kriemhild wandte sich
Und sprach mit Tränen und bange:
»Mein Herz schlägt laut und fürchtet sich
Und bebt bei deinem Sange ...«

Anhub die Fiedel zum drittenmal
Aufweinend in Gram und Leide,
Herrn Volkers Stimme sang im Saal,
Wie ein Vogel auf nächtiger Heide:

»Es glimmt empor aus ewiger Nacht
Heißer als alle Feuersglut,
Gelb wie das Aug der Zwergenbrut,
Das gierig seinen Glanz bewacht, –
O weh der Lust, die mich gezeugt!

Wie Brunft nach Brunft im Forste schreit,
Wie nach der Lohe lechzt die Glut,
So treibt die Gier nach Menschenblut
Ans Licht den Hort der Dunkelheit, –
O weh dem Schoß, der mich gebar!

Es ruft den Neid, es weckt den Mord,
Stört auf die Drachen Trug und List,
Hetzt Rachsucht, die die Rache frißt,
Und immer röter glüht der Hort, –
O weh der Brust, die mich gesäugt!

Es treibt und schwimmt im Purpurquell,
Es trinkt den Quell und lechzt nach mehr,
Es braust und schäumt, die Flut steigt schnell,
Breit wie die Donau strömt es her, –
O weh der Lieb, die lieb mir war!

Es schäumt und braust, atmet und steigt,
Schon brandet's draußen an die Tür,
Es klopft und pocht, der Riegel weicht,
Nun flutet's heiß und rot herfür, –
Weh über mich, weh über euch!«

Jäh bei dem letzten Bogenstrich
Sprangen die Saiten und schrieen,
Hagen von Tronje neigte sich
Und wiegte sein Schwert auf den Knieen.

Die Könige saßen bleich und verstört,
Doch die schöne Kriemhild lachte,
Sie sprach: »Nie hab ich ein Lied gehört,
Das mich lustiger machte!«

Sie kniete nieder und schürte die Glut,
Von ihren schmalen Händen
Zuckte der Schein wie Gold und Blut
Und sprang hinauf an den Wänden.

PAUL ZECH

Die Ballade von den Kesselheizern

Sie lag vor dem herbstlichen Wald,
die Fabrik, schwarz wie ein Felsenriff.
Und der Wind fegte eiskalt
um die Mauern herum und pfiff.

Da tanzte in den Bäumen der Tod
mit einem roten betrunkenen Mond.
Aber die Männer aßen ruhig ihr Brot,
weil der Tod auch im Kesselhaus wohnt.

Aus den drei glutroten Löchern schlug
der giftige Atem wie Blut heraus,
und wer ihn länger als eine Nacht ertrug,
der sah wie ein Aussätziger aus.

Vor den Feuerlöchern die Drei
dachten in ihrem Schweiß:
daß es in der Welt überall so sei
für die armen Leute, rußig und heiß.

Oft wurde es einem nach Mitternacht
speiübel im Mund.
Und die anderen haben gedacht:
Jetzt will er sich drücken, der Hund!

Und sie bliesen ihm schnell
einen Marsch mit der Faust.
In seinem Kopf aber wurde es nie mehr hell,
wo die Räder donnern und der Treibriemen saust.

Da haben die Beiden allein
alle drei Öfen beschickt,
und der blutrote Schein
hat den Toten groß angeblickt.

Ein schönes Begräbnis bekam er wohl auch,
mit Trompeten und Feuerwehr.

Und aus dem Schornstein der schwarze Rauch
trug eine stolze Fahne vor ihm her.

Der Herbst hat ihn warm zugedeckt
mit dem roten, rostigen Laub.
Und bald sind auch die andern verreckt
zu Wurm und Staub.

... vor den Kesselfeuern da hockt der Tod
jede Nacht groß und rot wie ein Mond.
Und die Männer essen ruhig ihr Brot,
weil das Leben überall sich nicht lohnt.

JOACHIM RINGELNATZ

Auf hohem Gerüste

Auf hohem Gerüst am Turme
Da steht ein Mann allein
Und zwingt im tobenden Sturme
Mit ehernem Werkzeug den Stein.

Er schwingt den kalten Hammer
Und stöhnt dazwischen rauh –
Zu Hause in dumpfiger Kammer
Liegt eine kranke Frau.

Viel Jahre sind verronnen.
Er hat mit Fleiß geschafft
Und hat doch nichts gewonnen,
Verloren Mut und Kraft.

Auch jetzt im Sturmestoben
Er seines Unglücks denkt,
Als hoch vom Dach er oben
Den Blick zur Erde lenkt.

Ja, springst du jetzt hinunter,
Dann bist du sicher tot.
Und liegst du unten zerschmettert,
Dann fühlst du nicht mehr die Not.

Wie oft in schwindelnder Höhe
Stand so er ganz verzagt,
In bitterer Verzweiflung
Hat er sich stets gesagt:

Ja, springst du jetzt hinunter,
Dann bist du sicher tot.
Doch liegst du unten zerschmettert –
Hat Weib und Kind kein Brot.

KURT SCHWITTERS

Die Nixe

Es war einmal ein Mann, der gung
In eines Flusses Niederung.
Der Tanz der grünlich krausen Wellen
Tat seines Geistes Licht erhellen.

Am Ufer gluckste es so hohl,
Wohl einmol, zwomol, hundertmol;
Und auf des Flusses Busen brannte
Ein Glanz, den jener Mann nicht kannte.

Da dachte jener klug und schlicht:
»Ich weiß nicht, doch da stimmt was nicht!«
Und guckte ohne auszusetzen
Auf die verwunschnen Wellenfetzen.

Auf einmal gab es einen Ton,
Und aus dem Wasser hob sich schon
Mit infernalischem Geflimmer
Ein blondes, nacktes Frauenzimmer.

Die hatten hinten irgendwo
Den Schwanz, gewachsen am Popo;
Dagegen fehlten ihr die Beine
Das Mädchen hatte eben keine.

Sie steckte sich in ihr Gesicht
Ein Lächeln, das ins Herze sticht
Und stützte lockend ihre Hände
Auf ihres Schwanzes Silberlende.

Dem Mann am Ufer wurde schwach;
Er dachte: »Oh«, und dachte: »Ach!«
Und ohne groß sich zu bedenken,
Wollt er ihr seine Liebe schenken.

Dem Mädchen in der Niederung
War seine Liebe nicht genung;
Sie winkte, statt sich zu erbarmen,
Dem Mann mit ihren beiden Armen.

Da bebberte der arme Mann,
Wie nur ein Starker bebbern kann;
Und senkte sich mit einem Sprung
Hinunter in die Niederung.

Da sitzt er nun und hat den Arm
Gebogen um der Nixe Charme;
Und wenn ein andrer kommt gegangen,
So wird er ebenso gefangen.

M-MAYBE HE BECAM
AND COULDN
LEAVE T
Reichenbergers
Weiberunfug!
fidele Stereoskop-Photos u. exquis. Pat
Bilder
„Für Ehele
Verlang n Sie ge
30 Pf
unsermarmorgleiche
weisse Büste
Frankfurt a/M.
FIES

Eine kleine Geburt

Ich lebte mit Frau Sobernheimer;
sie war so lieb, sie war so nett.
Wir wuschen uns im selben Eimer,
wir schliefen in demselben Bett.
So trieben wir es manches Jahr . . .
Bis sie den Knaben mir gebar.

Doch dieser Knabe war kein Knabe.
Wir hatten in der dunklen Nacht
als Zeitvertreib und Liebesgabe
uns dieses Wesen ausgedacht.
Frau S. war jeden Kindes bar.
Der Knabe, der hieß Waldemar.

Und war so klug! – Nach fünfzehn Tagen,
gelebt im Kinderparadies,
da konnte er schon Scheibe sagen,
bis man ihm solches leicht verwies.
Er setzte sich aufs Tintenfaß
und machte meinen Schreibtisch naß.

Er wuchs heran, der Eltern Freude,
ein braves, aufgewecktes Kind.
Wir merkten an ihm alle beude,
wie süß der Liebe Früchte sind.
Da fragte Mutti ganz real:
»Was wird der Junge denn nun mal –?«

Hebamme? General? Direktor?
Bootlegger? Hirt? Ein Schiffsbarbier?
Verlorner Mädchenheim-Inspektor?
Biographist? Gerichtsvollziehr?
Ein Freudenmännchen? Jubilar –?
Uneinig war das Elternpaar.

Ein Krach stieg auf, bis zu den Sternen!
Frau S., die krisch. Die Türe knallt.
Sie wollt ihn lassen Bildung lernen,
ich aber war für Staatsanwalt.
  Ein Kompromiß nahm sie nicht an:
  Im Kino, als Bedürfnismann.

Der Lümmel grölte in der Küche
und fand den Krach ganz wunderbar.
So ging die Liebe in die Brüche –
und alles wegen Waldemar?
  Da sprach ich fest: »Mein trautes Glück!
  Wir geben dieses Jör zurück!«

Gemacht.
        Nun ist Frau Sobernheimer
wie ehedem so lieb und nett.
Wir waschen uns im selben Eimer,
wir schlafen in demselben Bett.
  Und denken nur noch hier und dar
  mal an den seligen Waldemar.

FRANZ WERFEL

Panther-Ballade

Als die greise Uhr die letzten Schläge keuchte,
Fühlt' ich nah von mir ein heimliches Geleuchte.

Auf zwei Stühlen, hingestreckt vor meinem Lager,
Lag ein Panther, atmend, flankenstark und hager.

Blaue Flamme Schrecks sprang kurz aus meinem Munde,
Doch kein Blitz fuhr auf in seinem Spiegelgrunde.

Nur die Haare bebten leicht an seinen Ohren,
Daß ich wisse: Rührst du dich, bist du verloren.

Um das Tier zu beugen meinem Willen
Warf ich hart den Blick ihm wider die Pupillen.

Aber seinen Blick vermocht' ich nicht zu fassen,
Nur das eigne Aug begann blau schon zu blassen.

Auf des Tieres Iris hellumzirkten Zonen
Funkten und erloschen träge Elektronen.

Leicht im Atem-Takt ein Schwinden und ein Schwellen
Kam und ging von grünorangenen Ätherwellen.

Und aus Flut und Ebbe dieser klaren Feuer
Trat der Kosmen Gleichmut, kalt und ungeheuer.

Letzter Kampf! Mein Mensch-Sein wurde kleiner,
Und sein Tier-Sein mächtiger und reiner,

Bis der angestarrte Mann, der regungslose,
Unterging in großer Tier-Hypnose.

Doch die Katze harrte nur, zu siegen.
Nun ich Aas war, ließ sie links mich liegen,

Sprang hinab und mit gestreckten Lenden
Strich sie lang und lautlos an den Zimmerwänden.

Ich, anheimgegeben tief dem Tiere,
Sprang ihm federnd nach auf alle Viere,

Folgte seinem schwingenden gelaßnen Wallen,
Leicht und listig setzend meine eignen Ballen.

Meine Pranken prüften, Augen wuchsen schiefer,
Leib war Weiche, Sohle nur und Kiefer.

So wie wir im Sternlicht um die Stube fuhren
Stiegen auf die untersten Naturen,

Und der vor mir schweift, der Feind, der Panther
War mir Meister nun und Anverwandter.

Da, wie ohne Last, seitab von unserm Hasten,
Setzt er langen Schwungs auf einen Kleiderkasten.

Ich auch throne schon, ein düstrer Tier-Gedanke,
Panthers Spiegelbild auf einem Gegenschranke.

Und wir starren, schön und urgestaltig
Aug in Aug uns, herrliche Heraldik.

Zwischen unsern Felsen aus dem Dschungelmoore
Schießen Riesenfarren und die Bambusrohre.

KLABUND

Die Ballade von den Hofsängern

Wir ziehen dahin von Hof zu Hof
Arbeiten? Mensch, wir sind doch nicht dof.
Wir singen nicht schön, aber wir singen laut,
Daß das Eis in den Dienstmädchenherzen taut.
Jawoll.

Wir haben nur lausige Fetzen an,
Damit unser Elend man sehen kann.
Der hat keine Jacke und der kein Hemd,
und dem sind Stiefel und Strümpfe fremd.
Jawoll.

Wir kriegen Kleider und Stullen viel,
Die verkaufen wir abends im Asyl.
Ein Schneider lud mitleidig uns zu sich ein,
Da schlugen wir ihm den Schädel ein.
Jawoll.

Wir singen das Lied vom guten Mond
Und sind katholisch, wenn es sich lohnt,
Auch singen wir völkisch voll und ganz
für 'n Sechser Heil dir im Siegerkranz.
Jawoll.

Unger, Boeger, Ransick, so heißen wir.
Auf die Gerechtigkeit sch . . . wir.
Mal muß ja ein jeder in die Gruft
Und wir, wir baumeln mal in der Luft.
Jawoll.

Geographie

In allen Gymnasien
Hängt ein Merkator-Planiglob an der Wand.
Der Herr Oberlehrer umfährt die Kontur mit der Hand:
»Wir kommen zu Asien!
Wie wir sehen, ist Asien allerdings
Ein ganz respektabler Komplex.« –
»Herr Professor, was ist das da links
Für ein bunter Klecks?« –
»Ich dachte, den kennen wir schon etwas näher!
Ihr seid mir traurige Europäer!« –
Alles starrt auf den Planigloben.
»Wo ist da Deutschland? Der Punkt da oben?« –
Der Herr Oberlehrer schaut ernst durch die Brille.
Da ist alles stille.
»Fahren wir fort! Die mongolische Rasse
Bevölkert Mitte, Osten und Norden.
Den Süden dagegen mehr die indische.
Die Asiaten sind durchweg hündische,
Unzivilisierte Horden.
Kultur und Religion haben diese Barbaren
Erst von europäischen Missionaren.
Im Osten (ich zeige sie mit dem Stab an)
Liegen China und Japan.« –

»Herr Professor, von den Chinesen
Hab' ich was in der Zeitung gelesen.« –
»Jawohl, das Gesindel kämpft gegen unsre Religion
Und die Segnungen unsrer Zivilisation.
Dahinter stecken natürlich die Roten.
Übrigens hab' ich euch das Zeitunglesen verboten.
Nun kommen wir in die südlichen Zonen,
Wo die indischen Völkerstämme wohnen.« –

»Herr Oberlehrer, entschuldigen Sie,
Was heißt: Indische Autonomie?« –
»Das sind Dinge, die ihr nicht versteht!
Bleiben wir bei der Geographie:
Hier liegt Tibet!« –

»Herr Professor, Deutschland ist doch so klein.
Warum heißt es: Deutschland über alles?« –
»Das macht: Deutschland gilt allgemein
Als Mittelpunkt des Erdenballes.
Der deutsche Geist in der Welt voran
Von Amerika bis nach Asien!« –
Die Jungen schauen einander an.
Es gibt eben Dinge zwischen Gott und Gymnasien,
Die Schülerweisheit nicht fassen kann.

JOHANNES R. BECHER

Spanische Inquisition

Er stand gefangen da in ihrem Haufen.
»Was bist du?! Sag:
  ›Ich – bin ein – Juden – schwein‹.«
Es wurde still. Er hörte nur ein Schnaufen.
Wie lange wird es noch so stille sein?!

Er horchte, um die Antwort dort zu finden
In dieser Stille: sag, was bin ich, sag!
Schon sah er um sich her den Haufen schwinden.
Da holte einer aus zum ersten Schlag:

»Was – bist – du? Ein – verfluchtes – Juden –«
  »Nein!«
Warf der Gefangene sich dem Schlag entgegen.
– O würde es noch einmal stille sein.
Dann wüßte ich – ... Und unter ihren Schlägen

Wuchs er empor, und wie er höher ragte
Als alle rings, da sah er weit um sich
Die Welt. Es war die Welt, die ihn befragte:
»Was bist du, sag! Wir alle hören dich.«

»Ich bin –, ich – bin – ein« ... O welch jubelnd Glück
Dies Wort, es riß ihn los aus ihren Banden!
Da wichen sie entsetzt vor ihm zurück,
Als sei ein Geist vor ihnen auferstanden –

»Ein – Mensch! Ich – bin – ein – ein – Mensch!«
  O neugeboren
Ward hier der Mensch in seiner Folterqual.
Es brauste seinen Henkern in den Ohren,
Als hörten sie dies Wort zum erstenmal,

Und duckten sich, und Schritt für Schritt, so schlichen
Sie auf den Menschen in der Mitte zu.
Sie maßen ihren Feind, den fürchterlichen.
Sie schoben vor das Kinn und knurrten »du« –

»Ich bin ein Mensch!« So hörten sie ihn schwören.
Er hob die Hände, als er niederbrach.
»Ich bin ein Mensch!« Es klang ihm wie in Chören
Die eigene Stimme. Klang im Tod ihm nach.

Sarglager
Fleisch & Wurstwaren
JUNO
U

JOSEF WEINHEBER

Ballade vom kleinen Mann

Wie jeden Tag durch die zwanzig Jahr,
die er dient in seinem Büro,
steht er auf, streicht mit den Fingern durchs Haar,
wärmt Kaffee sich auf dem Rechaud,

wäscht Händ und Gesicht, fährt rasch in den Rock,
(nur im Amt nicht unpünktlich sein!)
streicht sich sein Brot, nimmt Hut und Stock
und läßt sein Zimmer allein.

Um die Groschen für die Straßenbahn
krampft er wichtig die Hand,
eh er hält beim Tor einen Augenblick an,
um zu schaun nach dem Wetterstand,

geht ein wenig müd, denn er schläft nicht gut,
bis zur Straßenbahn die paar Schritt;
mit Gesichtern, ihm vertraut wie sein Hut,
fährt er verdrossen mit.

Vor dem Amtshaus zupft er an Kragen und Rock,
verhält sich, ein weniges nur,
und vor seinem Schreibtisch im dritten Stock
sitzt er punkt acht Uhr.

Er nimmt seine lausigen Akten vor,
schreibt »zufolge« und »auftragsgemäß«,
macht Pause punkt zehn, und die Feder am Ohr,
ißt er sein Brot indes.

Dann schreibt er wieder »indem« und »hieraus«,
bis Zeit ist zum Mittagstisch.
Die Gemeinschaftsküche ist gleich im Haus,
und es stinkt nach Rüben und Fisch –

Er würgt am Schreibtisch den Fraß wie ein Mann,
der zuhause Besseres hat.
Dann raucht er sich eine Pfeife an
und gibt der Verdauung statt.

Er leiht sich dazu eine Zeitung aus
vom nächsten Kollegen und liest,
daß eine Dame aus gräflichem Haus
eines Knaben genesen ist.

Dann schreibt er von neuem »mithin« und »anbei«,
ganz pflicht- und schweigenumweht,
und endlich ist es auch heute drei,
und er nimmt seinen Hut und geht.

Die Sonne scheint blank, also fährt er nicht
wie sonst auf der Straßenbahn.
Er schlendert langsam, mit stillem Gesicht,
sieht sich die Schaufenster an,

weicht ängstlich einem Betrunkenen aus
und staunt nur: Gibt es das auch?
Schaut ihm kopfschüttelnd nach, bis ans letzte Haus,
und spürt den Fuselhauch.

Er sieht den Mädchen scheu nach der Brust
und denkt: Ist nichts für mich.
Lang ist die Ehe und teuer die Lust . .
und spuckt und räuspert sich.

Jetzt kommt der Uhrmacherladen am Eck.
Hier verweilt er, wie manchen Tag.
Und verschlingt mit dem Blick »seinen« Ring, der am Fleck
liegt, wo er immer lag.

Er geht durch den Park, und die Lindenblüh
duftet süß und schwül.
Ein heller Tag aus der Kindheit früh
steht auf einmal vor seinem Gefühl.

Es zerstiebt gleich wieder. Er denkt der Schuld,
die noch beim Schneider steht,

wischt sich den Schweiß mit Ungeduld,
schiebt den Hut ins Genick und geht.

Zuhause empfangen die Wände ihn,
wie er sie morgens verließ.
Er muß die Kissen frisch überziehn,
lüften, und jenes und dies.

Der Staubwedel rührt mit leichtem Schwung
an die Lautensaiten; der Klang
weckt halb verwehte Erinnerung
an die Zeit, wo er jung war und sang.

Du mein Gott, die Jugendeselein,
die waren gründlich vorbei . .
Schnell holt er Eier und Wurstzeug ein
und brät sich »Schinken mit Ei«.

Er ißt aus der Pfanne (wer sieht es denn!)
lang, schwelgend und ohne Gier
und putzt nachher das Geschirr wieder schön
mit vielem Zeitungspapier.

Dann streicht er sich mehrmals über den Bauch,
sein Leiblied kommt ihm zu Sinn:
»Ja die alten Deutschen tranken ja auch –«
und er brummt so halb vor sich hin,

zieht die Uhr und schaut eine Zeit an die Wand,
denn die Zeit läuft schrecklich leer,
wenn kein Ding und Tun die Minute bannt
und kein Mensch ist um einen her –

und räkelt sich und zählt zweimal sein Geld:
Der Stammtisch wartet schon.
Dort ist das Leben, dort ist die Welt,
dort verebbt der Tag und die Fron.

Er genießt seine üblichen drei Achtel Wein
wie ein Bürger: gehalten, adrett.
Und fällt mit einem Seufzer klein
punkt zehn in sein einsames Bett.

BERTOLT BRECHT

Legende von der Entstehung des Buches Taoteking auf dem Weg des Laotse in die Emigration

1

Als er siebzig war und war gebrechlich
Drängte es den Lehrer doch nach Ruh
Denn die Güte war im Lande wieder einmal schwächlich
Und die Bosheit nahm an Kräften wieder einmal zu.
Und er gürtete den Schuh.

2

Und er packte ein, was er so brauchte:
Wenig. Doch es wurde dies und das.
So die Pfeife, die er immer abends rauchte
Und das Büchlein, das er immer las.
Weißbrot nach dem Augenmaß.

3

Freute sich des Tals noch einmal und vergaß es
Als er ins Gebirg den Weg einschlug.
Und sein Ochse freute sich des frischen Grases
Kauend, während er den Alten trug.
Denn dem ging es schnell genug.

4

Doch am vierten Tag im Felsgesteine
Hat ein Zöllner ihm den Weg verwehrt:
»Kostbarkeiten zu verzollen?« – »Keine.«
Und der Knabe, der den Ochsen führte, sprach: »Er hat gelehrt.«
Und so war auch das erklärt.

5

Doch der Mann in einer heitren Regung
Fragte noch: »Hat er was rausgekriegt?«
Sprach der Knabe: »Daß das weiche Wasser in Bewegung
Mit der Zeit den mächtigen Stein besiegt.
Du verstehst, das Harte unterliegt.«

6

Daß er nicht das letzte Tageslicht verlöre
Trieb der Knabe nun den Ochsen an.
Und die drei verschwanden schon um eine schwarze Föhre
Da kam plötzlich Fahrt in unsern Mann
Und er schrie: »He, du! Halt an!

7

Was ist das mit diesem Wasser, Alter?«
Hielt der Alte: »Intressiert es dich?«
Sprach der Mann: »Ich bin nur Zollverwalter
Doch wer wen besiegt, das intressiert auch mich.
Wenn du's weißt, dann sprich!

8

Schreib mir's auf! Diktier es diesem Kinde!
So was nimmt man doch nicht mit sich fort.
Da gibt's doch Papier bei uns und Tinte
Und ein Nachtmahl gibt es auch: ich wohne dort.
Nun, ist das ein Wort?«

9

Über seine Schulter sah der Alte
Auf den Mann: Flickjoppe. Keine Schuh.
Und die Stirne eine einzige Falte.
Ach, kein Sieger trat da auf ihn zu.
Und er murmelte: »Auch du?«

10

Eine höfliche Bitte abzuschlagen
War der Alte, wie es schien, zu alt.
Denn er sagte laut: »Die etwas fragen
Die verdienen Antwort.« Sprach der Knabe: »Es wird auch schon kalt.«
»Gut, ein kleiner Aufenthalt.«

11

Und von seinem Ochsen stieg der Weise
Sieben Tage schrieben sie zu zweit.
Und der Zöllner brachte Essen (und er fluchte nur noch leise
Mit den Schmugglern in der ganzen Zeit).
Und dann war's soweit.

12

Und dem Zöllner händigte der Knabe
Eines Morgens einundachtzig Sprüche ein
Und mit Dank für eine kleine Reisegabe
Bogen sie um jene Föhre ins Gestein.
Sagt jetzt: kann man höflicher sein?

13

Aber rühmen wir nicht nur den Weisen
Dessen Name auf dem Buche prangt!
Denn man muß dem Weisen seine Weisheit erst entreißen.
Darum sei der Zöllner auch bedankt:
Er hat sie ihm abverlangt.

Kinderkreuzzug

In Polen, im Jahr Neununddreißig
War eine blutige Schlacht
Die hatte viele Städte und Dörfer
Zu einer Wildnis gemacht.

Die Schwester verlor den Bruder
Die Frau den Mann im Heer;
Zwischen Feuer und Trümmerstätte
Fand das Kind die Eltern nicht mehr.

Aus Polen ist nichts mehr gekommen
Nicht Brief noch Zeitungsbericht.
Doch in den östlichen Ländern
Läuft eine seltsame Geschicht.

Schnee fiel, als man sich's erzählte
In einer östlichen Stadt
Von einem Kinderkreuzzug
Der in Polen begonnen hat.

Da trippelten Kinder hungernd
In Trüpplein hinab die Chausseen
Und nahmen mit sich andere, die
In zerschossenen Dörfern stehn.

Sie wollten entrinnen den Schlachten
Dem ganzen Nachtmahr
Und eines Tages kommen
In ein Land, wo Frieden war.

Da war ein kleiner Führer
Das hat sie aufgericht'.
Er hatte eine große Sorge:
Den Weg, den wußte er nicht.

Eine Elfjährige schleppte
Ein Kind von vier Jahr
Hatte alles für eine Mutter
Nur nicht ein Land, wo Frieden war.

Ein kleiner Jude marschierte im Trupp
Mit einem samtenen Kragen
Der war das weißeste Brot gewohnt
Und hat sich gut geschlagen.

Und ging ein dünner Grauer mit
Hielt sich abseits in der Landschaft.
Er trug an einer schrecklichen Schuld:
Er kam aus einer Nazigesandtschaft.

Und da war ein Hund
Gefangen zum Schlachten
Mitgenommen als Esser
Weil sie's nicht übers Herz brachten.

Da war eine Schule
Und ein kleiner Lehrer für Kalligraphie.
Und ein Schüler an einer zerschossenen Tankwand
Lernte schreiben bis zu Frie...

Da war auch eine Liebe.
Sie war zwölf, er war fünfzehn Jahr.
In einem zerschossenen Hofe
Kämmte sie ihm sein Haar.

Die Liebe konnte nicht bestehen
Es kam zu große Kält:
Wie sollen die Bäumchen blühen
Wenn so viel Schnee drauf fällt?

Da war auch ein Begräbnis
Eines Jungen mit samtenem Kragen
Der wurde von zwei Deutschen
Und zwei Polen zu Grab getragen.

Protestant, Katholik und Nazi war da
Ihn der Erde einzuhändigen.
Und zum Schluß sprach ein kleiner Kommunist
Von der Zukunft der Lebendigen.

So gab es Glaube und Hoffnung
Nur nicht Fleisch und Brot.
Und keiner schelt sie mir, wenn sie was stahln
Der ihnen nicht Obdach bot.

Und keiner schelt mir den armen Mann
Der sie nicht zu Tische lud:
Für ein halbes Hundert, da braucht es
Mehl, nicht Opfermut.

Sie zogen vornehmlich nach Süden.
Süden ist, wo die Sonn
Mittags um zwölf steht
Gradaus davon.

Sie fanden zwar einen Soldaten
Verwundet im Tannengries.
Sie pflegten ihn sieben Tage
Damit er den Weg ihnen wies.

Er sagte ihnen: Nach Bilgoray!
Muß stark gefiebert haben
Und starb ihnen weg am achten Tag.
Sie haben auch ihn begraben.

Und da gab es ja Wegweiser
Wenn auch vom Schnee verweht
Nur zeigten sie nicht mehr die Richtung an
Sondern waren umgedreht.

Das war nicht etwa ein schlechter Spaß
Sondern aus militärischen Gründen.
Und als sie suchten nach Bilgoray
Konnten sie es nicht finden.

Sie standen um ihren Führer.
Der sah in die Schneeluft hinein
Und deutete mit der kleinen Hand
Und sagte: Es muß dort sein.

Einmal, nachts, sahen sie ein Feuer
Da gingen sie nicht hin.
Einmal rollten drei Tanks vorbei
Da waren Menschen drin.

Einmal kamen sie an eine Stadt
Da machten sie einen Bogen.
Bis sie daran vorüber waren
Sind sie nur nachts weitergezogen.

Wo einst das südöstliche Polen war
Bei starkem Schneewehn
Hat man die fünfundfünfzig
Zuletzt gesehn.

Wenn ich die Augen schließe
Seh ich sie wandern
Von einem zerschossenen Bauerngehöft
Zu einem zerschossenen andern.

Über ihnen, in den Wolken oben
Seh ich andre Züge, neue, große!
Mühsam wandernd gegen kalte Winde
Heimatlose, Richtungslose

Suchend nach dem Land mit Frieden
Ohne Donner, ohne Feuer
Nicht wie das, aus dem sie kamen
Und der Zug wird ungeheuer.

Und er scheint mir durch den Dämmer
Bald schon gar nicht mehr derselbe:
Andere Gesichtlein seh ich
Spanische, französische, gelbe!

In Polen, in jenem Januar
Wurde ein Hund gefangen
Der hatte um seinen mageren Hals
Eine Tafel aus Pappe hangen.

Darauf stand: Bitte um Hilfe!
Wir wissen den Weg nicht mehr.
Wir sind fünfundfünfzig
Der Hund führt euch her.

Wenn ihr nicht kommen könnt
Jagt ihn weg.
Schießt nicht auf ihn
Nur er weiß den Fleck.

Die Schrift war eine Kinderhand.
Bauern haben sie gelesen.
Seitdem sind eineinhalb Jahre um.
Der Hund ist verhungert gewesen.

Die Ballade vom Nachahmungstrieb

Es ist schon wahr: Nichts wirkt so rasch wie Gift!
Der Mensch, und sei er noch so minderjährig,
ist, was die Laster dieser Welt betrifft,
früh bei der Hand und unerhört gelehrig.

Im Februar, ich weiß nicht am wievielten,
geschah's, auf irgend eines Jungen Drängen,
daß Kinder, die im Hinterhofe spielten,
beschlossen, Naumanns Fritzchen aufzuhängen.

Sie kannten aus der Zeitung die Geschichten,
in denen Mord vorkommt und Polizei.
Und sie beschlossen, Naumann hinzurichten,
weil er, so sagten sie, ein Räuber sei.

Sie steckten seinen Kopf in eine Schlinge
Karl war der Pastor, lamentierte viel
und sagte ihm, wenn er zu schrein anfinge,
verdürbe er den anderen das Spiel.

Fritz Naumann äußerte, ihm sei nicht bange.
Die andern waren ernst und führten ihn.
Man warf den Strick über die Teppichstange.
Und dann begann man, Fritzchen hochzuziehn.

Er sträubte sich. Es war zu spät. Er schwebte.
Dann klemmten sie den Strick am Haken ein.
Fritz zuckte, weil er noch ein bißchen lebte.
Ein kleines Mädchen zwickte ihn ins Bein.

Er zappelte ganz stumm, und etwas später
verkehrte sich das Kinderspiel in Mord.
Als das die sieben kleinen Übeltäter
erkannten, liefen sie erschrocken fort.

Noch wußte niemand von dem armen Kinde.
Der Hof lag still. Der Himmel war blutrot.
Der kleine Naumann schaukelte im Winde.
Er merkte nichts davon. Denn er war tot.

Frau Witwe Zickler, die vorüberschlurfte,
lief auf die Straße und erhob Geschrei,
obwohl sie doch dort gar nicht schreien durfte.
Und gegen Sechs erschien die Polizei.

Die Mutter fiel in Ohnmacht vor dem Knaben.
Und beide wurden rasch ins Haus gebracht.
Karl, den man festnahm, sagte kalt: »Wir haben
es nur wie die Erwachsenen gemacht.«

Anmerkung:
Der Ballade liegt ein Pressebericht
aus dem Jahre 1930 zugrunde.

WOLFGANG WEYRAUCH

Ruine in Lübeck

In jener Nacht, in Sanct Marien,
ein Labyrinth aus Stroh, Benzin,
ein Alphabet, ein Testament,
ein Rutenschlag, ein Totenhemd,
in jener Nacht, in Sanct Marien.

Ein Labyrinth ist ausgespien,
in jener Nacht, in Sanct Marien,
von a bis n ein Alphabet,
von Asche bis zu Nazareth,
in jener Nacht, in Sanct Marien.

Von o bis z, in Sanct Marien,
Orkan bis Zunder, auf den Knien
das Testament verfaßt, synchron
gebetet in das Diktaphon,
in jener Nacht, in Sanct Marien.

Die Rute schlug, nichts ist verziehn,
in jener Nacht, in Sanct Marien,
im Totenhemd zum Interview,
mit Feuerhut und Leichenschuh,
in jener Nacht, in Sanct Marien.

Die Karussels, in Sanct Marien,
die Pferdchen und die Melodien,
die Paternoster, Schrott und Müll,
Dornröschens Spinneweb, und Tüll
und Efeunetz der Jalousien.

In jener Nacht, in Sanct Marien,
kein Schornsteinfeger im Kamin,
ein Rattenfänger, ein Abort
der Lust, Epilepsie im Wort,
in jener Nacht, in Sanct Marien.

In jener Nacht, in Sanct Marien,
Mönch, Mörder, Sandmann, wehgeschrien,
und totgeschrien Tag, Woche, Jahr,
in Sanct Marien, das Inventar
der ungeküßten Garantien.

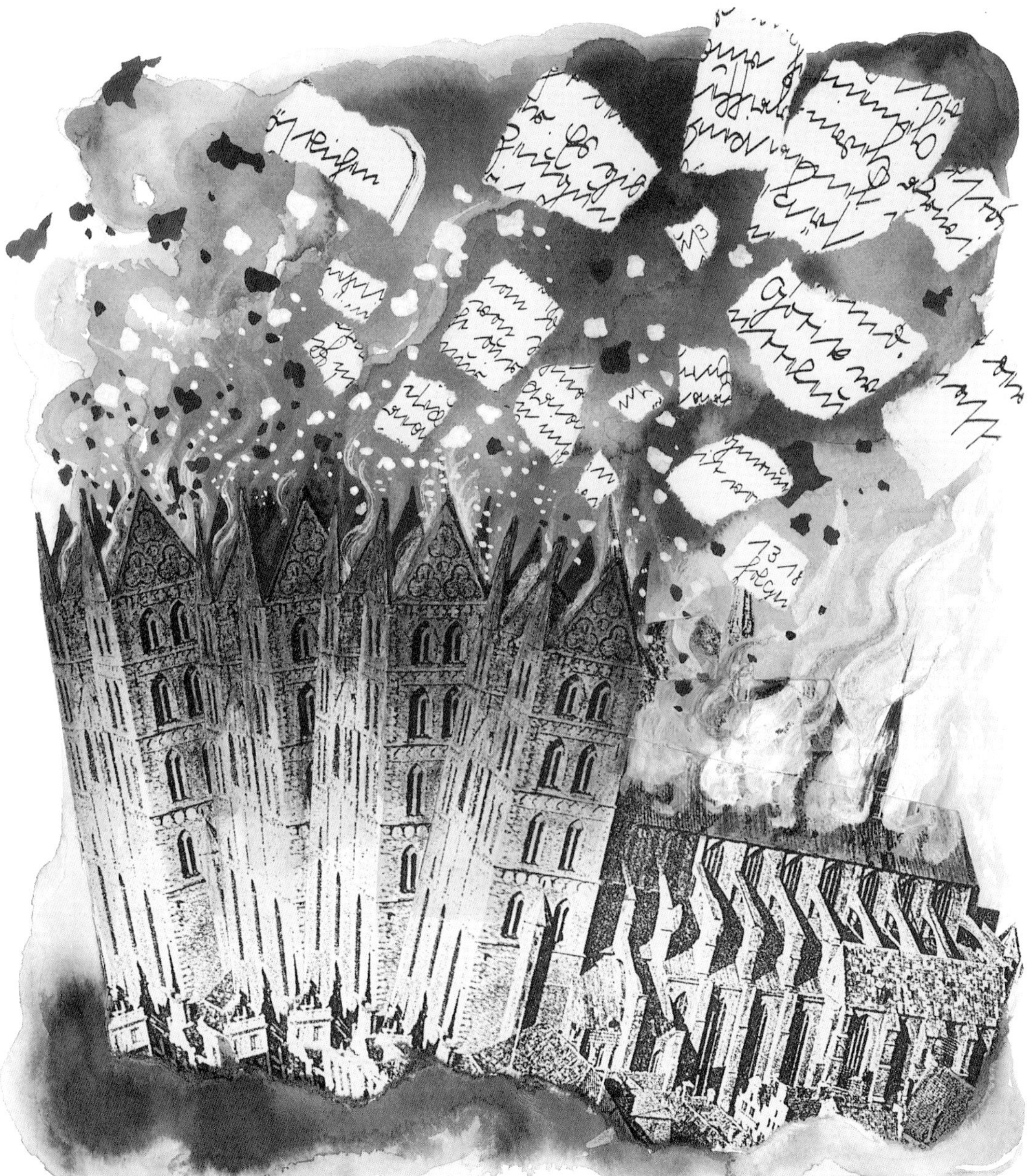

ERNST JANDL

die sieben schwaben

Es war ein mann in schwaben.
der legte sich eine familie an.
der wollte einen knaben.
sieben waren es dann.

schulz hat eine feine haut gehabt
zu fein für einen knaben.
jackel war ein springinsfeld
wollte das blau vom himmel haben.

martin wollte auf reisen gehn.
der jergel hat gern gelacht.
der michel sah die sterne an.
der hans hat nachgedacht.

dem veit, weil er der jüngste war
tat keiner etwas recht.
er trug die kleider der andern aus
und das gefiel ihm schlecht.

die kamen nach einander
einer in jedem jahr
und glichen halb dem vater
und halb der mutter aufs haar.

oft hatt der mann die stirn naß.
das war die angst vor morgen.
er mußte sich sein heut
bei fremden leuten borgen.

der erste der hieß schulz.
der war bald siebzehn jahr.
da ging eine trommel durch schwaben.
die trommelte sieben jahr.

noch drehte der vater am schnurrbart
noch kämmt die mutter ihr haar
und strich dem knaben die wange
die ganz glatt war.

da hörten sie ein brummen.
das war wie hornissengebrumm.
da schauten sie aus dem fenster.
da ging der trommler um.

da ging der trommler ins haus
und sagte laut zum mann:
einer kommt heraus.
da sahen sie sich an.

da hat der schulz seine siebzehn jahr
auf den tisch gezählt. vater, geh du voran.
ich bin erst siebzehn jahr auf der welt.
ich komm als nächster dran.

da setzt der vater den hut auf.
da zog ihn die mutter ins eck.
da las sie dann manchmal seine schrift
und wusch sie mit tränen weg.

o gott, ich hör eine trommel.
die luft ist rauchig und dick.
o gott, es schmeckt meine zunge
nach pulver und zündstrick.

da kam der trommler wieder
sah in jedes haus hinein.
der vater muß immer der erste sein.
ihm gebührt die ehr allein.

ich erdulds nicht, mutter. siebzehn jahr!
ihre knie umklammert schulz.
da riß ihn der trommler auf am haar.
und die mutter sprach: dulds.

er hat eine feine haut gehabt.
zu fein für einen knaben.
die war wie verbrannte kartoffelhaut
wie sie ihn gefunden haben.

da kam der trommler wieder
sah in jedes haus hinein.
der schulz muß immer der erste sein.
ihm gebührt die ehr allein.

da hat der martin seine siebzehn jahr
auf den tisch gezählt. jackel, geh du voran.
ich bin erst siebzehn jahr auf der welt.
ich komm als nächster dran.

der jackel hat der mutter auf die schulter geklopft.
sei stolz auf deinen knaben.
der jackel war ein springinsfeld.
wollte das blau vom himmel haben.

er sprang so weit wie der rechen lag.
der hatte eiserne zacken.
die rissen ihn in der luft entzwei
und täten ihn zerhacken.

der jackel muß immer der erste sein.
ihm gebührt die ehr allein.
mutter, jetzt will ich auf reisen gehn.
die welt muß groß sein.

der martin ging bis ans wasser
drüber nicht brücken sind.
da war die welt am ende.
da stand noch ein kind.

man muß in schiffen fahren
wo keine brücken sind.
weil sie des unbericht waren
fragten sie das kind.

das kind sagt: ihr müßt waten.
da stiegen sie in das wasser hinein.
da sanken tief in den schlamm ein
und ertranken alle soldaten.

o gott, ich hör eine trommel.
die luft ist rauchig und dick.
o gott, es schmeckt meine zunge
nach pulver und zündstrick.

da kam der trommler wieder
sah in jedes haus hinein.
der martin muß immer der erste sein.
ihm gebührt die ehr allein.

da ward der jergel herausgeholt
mitten in der nacht.
den haben alle gern gemocht.
er hat so gut gelacht.

der hat drei monat auf einem schiff
auf irgendwas gewacht.
als der torpedo durchs wasser pfiff
hat er noch gelacht.

es bekam eine mutter in schwaben
viele brief mit schwarzem rand.
die las sie mit ihren drei knaben.
keiner hatt des vaters hand.

da kam der trommler wieder
und suchte tapfere leut.
er ging in jedes haus und rief:
so zieht denn herzhaft in den streit.

da sah der michel die sterne an
bei einer flakbatterie.
er hatte ein großes eisenrohr
das in den himmel spie.

da schickte der himmel hasen aus
die hatten augen aus glas.
die fraßen die ganze flakbatterie
wie ein paar büschel gras.

da kam der trommler wieder
sah in jedes haus hinein.
da kamen auch stimmen die fragten:
wer darf so trommler sein?

der trommler schrie: den spieß faßt an
stoßt zu in aller schwaben nam
und wer den spieß nicht halten kann
mög, wünsch ich, werden lahm!

der hans hat nachgedacht:
der teufel hat gut schwätzen.
uns frißt der drache nacht für nacht.
er ist der letzt beim drachenhetzen!

dem hans hat das denken zu gut geschmeckt.
der kam ins konzentrationslager.
da war der tisch mit blut gedeckt.
da ward er bald sehr mager.

da mußt er marschieren, da fiel er um.
da erschoß ihn einer aus gnade.
da bekam der schütze drei tag arrest.
es war um die kugel schade.

o gott, noch immer die trommel.
die luft ist rauchig und dick.
o gott, verbrenn das pulver
und verbrenn den zündstrick!

es war eine mutter in schwaben
die hatt noch einen sohn.
weil sie den ihr nehmen möchten
ging sie ganz davon.

da hat sich veit, der der jüngste war
zum aufbruch fertig gemacht.
eine kiste knabenkleider
hat er lang betracht.

da wurde die trommel leiser
die durch schwaben ging sieben jahr.
da hielt er ganz fest in den händen
seine siebzehn jahr.

da war zuletzt noch ein brummen
im baum wie hornissengebrumm.
da schaut er aus dem fenster.
da ging kein trommler um.

es lebt ein mann in schwaben.
der hat es zu einer familie gebracht.
der hat einen knaben im arm und lacht.
bald will er sieben haben.

oft hat der mann die stirn naß.
das ist sein schweiß für morgen.
er will nicht mehr sein heut
bei fremden leuten borgen.

HANS CARL ARTMANN

ALDONZA, von gnomen gefangen,
eine löwin in engem turm,
die schuhe mit silbernen spangen,
die augen wie dunkeler sturm.

ein gnom bewacht alle leitern,
ein andrer verbirgt grad ein seil,
ein dritter entfernt alle weitern
geräte zum fluchtweg in eil.

ein vierter liegt lauernd auf posten,
ein fünfter ölt rasch sein gewehr,
ein sechster läßt schlüssel verrosten
und schärft seinen hölzernen speer.

der siebte jedoch ist bestochen,
sein herz ist ein napf voll verrat,
und er wird aldonza entführen,
wenn sternlose mitternacht naht.

die kaulquappen huschen im weiher,
die reiher beschließen den tag,
ein abendkomet schweift am himmel,
die sonne sinkt weit hinter prag.

der gnom mit dem roten zylinder,
der dort an der schloßpforte steht,
gedankenvoll zieht er die uhr auf,
die das gras der minuten mäht.

in texten liest man von zwergen,
manch ell in der läng sei ihr bart,
in iris, in phlox, in ranunkel
zischt wieder und hin ihre art.

allein noch nicht tönt die stunde,
vor dem spiegel aldonza sich dreht,
sie lauscht den schritten auf kiesgrund,
weiß nicht, wer da drunten nun geht.

den bahndamm entlang zirpen grillen,
im tunnel verschwindet der zug,
die funken verlöschen im nebel,
der brunnen kommt zögernd zum krug.

INGEBORG BACHMANN

Das Spiel ist aus

Mein lieber Bruder, wann bauen wir uns ein Floß
und fahren den Himmel hinunter?
Mein lieber Bruder, bald ist die Fracht zu groß
und wir gehen unter.

Mein lieber Bruder, wir zeichnen aufs Papier
viele Länder und Schienen.
Gib acht, vor den schwarzen Linien hier
fliegst du hoch mit den Minen.

Mein lieber Bruder, dann will ich an den Pfahl
gebunden sein und schreien.
Doch du reitest schon aus dem Totental
und wir fliehen zu zweien.

Wach im Zigeunerlager und wach im Wüstenzelt,
es rinnt uns der Sand aus den Haaren,
dein und mein Alter und das Alter der Welt
mißt man nicht mit den Jahren.

Laß dich von listigen Raben, von klebriger Spinnenhand
und der Feder im Strauch nicht betrügen,
iß und trink auch nicht im Schlaraffenland,
es schäumt Schein in den Pfannen und Krügen.

Nur wer an der goldenen Brücke für die Karfunkelfee
das Wort noch weiß, hat gewonnen.
Ich muß dir sagen, es ist mit dem letzten Schnee
im Garten zerronnen.

Von vielen, vielen Steinen sind unsre Füße so wund.
Einer heilt. Mit dem wollen wir springen,
bis der Kinderkönig, mit dem Schlüssel zu seinem Reich im Mund,
uns holt, und wir werden singen:

Es ist eine schöne Zeit, wenn der Dattelkern keimt!
Jeder, der fällt, hat Flügel.
Roter Fingerhut ist's, der den Armen das Leichentuch säumt,
und dein Herzblatt sinkt auf mein Siegel.

Wir müssen schlafen gehn, Liebster, das Spiel ist aus.
Auf Zehenspitzen. Die weißen Hemden bauschen.
Vater und Mutter sagen, es geistert im Haus,
wenn wir den Atem tauschen.

Racine läßt sein Wappen ändern

Ein heraldischer Schwan
und eine heraldische Ratte
bilden – oben der Schwan,
darunter die Ratte –
das Wappen des Herrn Racine.

Oft sinnt Racine
über dem Wappen und lächelt,
als wüßte er Antwort,
wenn Freunde nach seinem Schwan fragen
aber die Ratte meinen.

Es steht Racine
einem Teich daneben
und ist auf Verse aus,
die er kühl und gemessen
mittels Mondlicht und Wasserspiegel verfertigen kann.

Schwäne schlafen
dort wo es seicht ist,
und Racine begreift jenen Teil seines Wappens,
welcher weiß ist
und der Schönheit als Kopfkissen dient.

Es schläft aber die Ratte nicht,
ist eine Wasserratte
und nagt, wie Wasserratten es tun,
von unten mit Zähnen
den schlafenden Schwan an.

Auf schreit der Schwan,
das Wasser reißt,
Mondlicht verarmt und Racine beschließt,
nach Hause zu gehen,
sein Wappen zu ändern.

Fort streicht er die heraldische Ratte.
Die aber hört nicht auf, seinem Wappen zu fehlen.
Weiß stumm und rattenlos
wird der Schwan seinen Einsatz verschlafen –
Racine entsagt dem Theater.

HANS MAGNUS ENZENSBERGER

Ernesto Guevara de la Serna

Eine Zeitlang trugen Tausende auf dem Kopf seine kleine Mütze,
und Abertausende vor sich her von seinen Abbildungen
große Abbildungen, und riefen seinen Namen sehr laut aus.
Unwirklich scheinen jene Züge quer durch die City jetzt fast
wie das Land und die Klasse, in der er geboren war.

Fern der Schlachthöfe und der Baracken und der Bordelle
bröckelte die Villa des Vaters am Fluß. Das Geld war verdunstet,
doch der Swimming-Pool wurde gehalten. Ein scheues Kind,
allergisch, oft dem Ersticken nah. Krämpfe mit seinem Körper,
rauchte Zigarren, wurde (was immer das sein mag) ein Mann.

Unter dem Kopfkissen lag Jules Verne. Sein erster Angriff,
seine erste Flucht in die Wirklichkeit: Traurige Tropen.
Doch die Aussätzigen unter der morschen Veranda am Amazonas
verstanden nicht, was er sagte, und starben weiter. Dann erst
fand er den Feind, der ihm treu bis ans Ende blieb

und den Feind des Feindes. Wenige Siege später erschien ihm
der Neue Mensch, eine alte Idee, sehr neu. Doch die Ökonomie
hörte seinen Reden nicht zu. Es fehlten immer Spaghetti.
Auch war keine Zahnkrem mehr da, und woraus wird Zahnkrem gemacht?
Die Banknoten, die er unterschrieb, galten nichts.

Der Zucker klebte im Hemd. Maschinen, mit harter Währung bezahlt,
verrotteten an den Kais. Von Gerüchten summte La Rampa.
Kratzfüße in Moskau, neue Kredite. Das Volk stand Schlange,
war unzuverlässig, riß hungrige Witze. Überall Spitzel,
Intrigen, die er niemals begriff. Ein ewiger Ausländer.

Wollte den Russen moralisch kommen. Der Menschenfreund
schrie nach dem *Haß, der den Menschen in eine gewaltsame,*
effektive, kalte Tötungsmaschine verwandeln soll. Eigentlich
eine Mimose: am liebsten las er Gedichte. (Baudelaire
kannte er auswendig.) Ein zarter Versager, Fraß für Geheimdienste.

So floh er zu den Waffen und blieb dort, wo alles klar war
und deutlich: Feind Feind und Verrat Verrat, im Dschungel.
Nur er selber schien ausgelöscht. *Rundlich, bartlos, die Schläfen grau,
dicke Brillengläser, wie ein Vertreter, im Duffle-coat*, derart
vermummt in Nancahuazú ging er an seine letzte Arbeit.

Sprach kein Quechua, kein Guaraní. *Das Schweigen der Indios
war absolut, als kämen wir aus einer andern Welt.* Insekten,
Schlingpflanzen, Unterholz. *Die Bauern wie Steine.* Koliken,
Hustenanfälle, Ödeme. Überdosen von Cortison. Adrenalin.
Keuchend die letzte Spritze: *Ave María purísima!*

Schon *breitete sich die Legende aus wie ein Schaum. Supermen
sind wir bereits, unbesiegbar.* (Immer diese tödliche Ironie,
unbemerkt von den Genossen.) *Ein menschliches Wrack*, ein Idol.
Wir hätten ihn angestellt, annoncierten unter seinen Todfeinden
die fortschrittlichsten. Stattdessen stellten sie seine Leiche aus

mit abgeschnittenen Händen. *Ein mystisches Abenteuer*, und
eine Passion, die unwiderstehlich an das Bild Christi erinnert:
das schrieben die Anhänger. Er: *Les honneurs, ça m'emmerde.*
Es ist nicht lange her, und vergessen. Nur die Historiker
nisten sich ein wie die Motten ins Tuch seiner Uniform.

Löcher im Volkskrieg. Sonst in der Metropole spricht von ihm
nur noch eine Boutique, die seinen Namen gestohlen hat.
An der Kensington High Street glimmen die Räucherstäbchen;
neben der Ladenkasse sitzen die letzten Hippies, verdrossen,
unwirklich, wie Fossile, und fraglos, und fast unsterblich.

Der Text bricht ab, und ruhig rotten die Antworten fort.

FRANZ JOSEF DEGENHARDT

Väterchen Franz

He, Väterchen Franz,
versoffner Chronist,
he, Väterchen Franz,
sag du, wie es ist.
He, Väterchen Franz, he, Väterchen Franz,
erzähl die Geschichte, erzähle sie ganz.
»Nun gut.« Väterchen Franz hebt an:

Seht ihr drüben, Mitbewohner, das Hygieneinstitut,
da, wo heut die weißen Riesen die Gehirne waschen? – Gut,
genau bis dorthin reichte damals unsre Vaterstadt,
und da lebten die im Aussatz, die man nicht ertragen hat:
der SS-Offizier, der nachts nicht schlief, sondern schrie,
und der Zoodirektor, abgehalftert wegen Sodomie,
der schwule Kommunist mit Tbc und ohne Paß,
und der abgefallne Priester, der noch schwarze Messen las,
das Hasenschartenkind, das biß, wenn's bitte sagen sollt',
und der Schreiner, der partout so wie Jesus leben wollt'.

Viele Jahre lebten sie dort zwischen Trümmern, Schrott und Müll,
aßen Krähen, tranken Wermut, rauchten Pfefferminz mit Dill.
Ihre Haare waren lang und ihre Bärte kraus und dick,
und sie stanken wie die Füchse, jeder hatte seinen Tick:
der SS-Offizier, der suchte Massengräber und
stach überall mit einer Eisenstange in den Grund.
Der Zoodirektor schuf aus Pappe, Polsterzeug und Draht
ein riesengroßes Tier, das seufzen konnte, wenn man's trat.
Der Kommunist, der malte rote Sonnen, prophezeite schon
für das nächste Wochenende die Weltrevolution.

Und der Priester psalmodierte monoton von früh bis spät
ein aus Kurs-, Konzils- und Kriegsbericht bestehendes Gebet.
Der Schreiner, der vermehrte meist den Wermutwein-Vorrat,
und das Kind baute den Ratten eine richt'ge Rattenstadt.
Und so hätten sie gelebt, vielleicht bis heute irgendwann.
Doch es fing dann diese peinliche Geschichte plötzlich an:
Töchter und die Söhne aus den allerbesten Familien

zogen, zunächst heimlich, später offen nach dorthin,
sangen rohe Lieder, tranken, liebten sich die kreuz und quer,
und sie ließen ihre Haare wachsen, wuschen sich nicht mehr.

Viele schlugen sogar mit den Fäusten ihre Erbschaft aus,
schütteten ihre Mitgift in das Faß voll Saus und Braus.
Sie verbrannten – dazu tanzend – gar den Abendlandaltar
und verleugneten ganz öffentlich die gelbe Gefahr.
Das ging nun freilich weiter als ein high-life-Schabernack.
Voll Angst verschloß man alle Tempeltüren, auch am Tag.
Doch im Hirtenbrief erklärte unser Zeitungszar zuletzt
das saubere Empfinden unserer Stadt als grob verletzt,
sprach dem Senat das Mißtraun aus, befahl im barschen Ton
dem fetten Polizeichef eine Säuberungsaktion.

Es war an einem Montag, als die Säuberung begann.
Zwanzig Bagger robbten sich ans Aussatzrevier ran.
Das Hasenschartenkind, das mit den Ratten spielte, das
bemerkte sie als erstes, brüllte, schlüpfte in ein Faß.

Der SS-Offizier, der gerade bohrte, hört' es schrein,
gab Alarm, legte die Stange so wie eine Lanze ein,
galoppierte auf die Bagger zu, sang das Horst-Wessel-Lied,
der Baukolonnenführer riß die Hand hoch und sang mit.
Die Baggerrachen – tief am Boden – fauchten, und in ein'
preschte, blind vor Glück und Wut, der SS-Ritter hinein.

Es formierten sich die Bagger dann zu einem offnen Kreis,
rollten vor zu jenem Panzerlied. – Der Tag war glühend heiß.
Mit riesengroßem Seufzer fiel das riesengroße Tier
ineinander. Ein paar Eisenraupen knirschten drüberher.
Und zunächst fing man mit Netzen alle Bürgerkinder ein,
warf den zappeligen Fang in große Waschtröge hinein.
Nur die Aussätzigen ließ man, und die rannten hin und her.
Doch der Kreis wurd' enger, schloß sich, und dann sah man
sie nicht mehr.
Schließlich spritzte man noch Napalm. Wollt ihr wissen,
was geschah,
wie das Hasenschartenkind zum Beispiel hinterher aussah?

VIVE LA NARCHI
FU THE SUN

He, Väterchen Franz,
versoffner Chronist,
he, Väterchen Franz,
sei's, wie es ist.
Nein, Väterchen Franz, nein, Väterchen Franz,
hör auf mit der Geschichte, Kunst ist doch Genuß.
»Nun gut.« Väterchen Franz macht Schluß.

WOLF BIERMANN

Ballade vom preußischen Ikarus

1.

Da, wo die Friedrichstraße sacht
Den Schritt über das Wasser macht
da hängt über der Spree
Die Weidendammerbrücke. Schön
Kannst du da Preußens Adler sehn
wenn ich am Geländer steh

dann steht da der preußische Ikarus
mit grauen Flügeln aus Eisenguß
dem tun seine Arme so weh
er fliegt nicht weg – er stürzt nicht ab
macht keinen Wind – und macht nicht schlapp
am Geländer über der Spree

2.

Der Stacheldraht wächst langsam ein
Tief in die Haut, in Brust und Bein
ins Hirn, in graue Zelln
Umgürtet mit dem Drahtverband
Ist unser Land ein Inselland
umbrandet von bleiernen Welln

da steht der preußische Ikarus
mit grauen Flügeln aus Eisenguß
dem tun seine Arme so weh
er fliegt nicht weg – und stürzt nicht ab
macht keinen Wind – und macht nicht schlapp
am Geländer über der Spree

3.

Und wenn du wegwillst, mußt du gehn
Ich hab schon viele abhaun sehn
aus unserm halben Land
Ich halt mich fest hier, bis mich kalt
Dieser verhaßte Vogel krallt
und zerrt mich übern Rand

dann bin ich der preußische Ikarus
mit grauen Flügeln aus Eisenguß
   dann tun mir die Arme so weh
dann flieg ich hoch – dann stürz ich ab
mach bißchen Wind – dann mach ich schlapp
   am Geländer über der Spree

Ernst Moritz Arndt (1769-1860). S. 70, aus: Werkauswahl in zwölf Teilen. Band 1: Gedichte. Herausgegeben von August Leffson. Bong Verlag, Berlin, Leipzig, Wien [1912]

Achim von Arnim (1781-1831). S. 73, S. 75, aus: Werke in drei Bänden. Band 3. Ausgewählt, herausgegeben und eingeleitet von Reinhold Steig. Insel-Verlag, Leipzig [1911]

Hans Carl Artmann (geb. 1921). S. 222, aus: Aus meiner Botanisiertrommel. © Residenz Verlag, Salzburg und Wien 1975

Ingeborg Bachmann (1926-1973). S. 225, aus: Werke. Herausgegeben von Ch. Koschel, I. von Weidenbaum und C. Münster. © R. Piper & Co. Verlag, München 1978

Johannes R. Becher (1891-1958). S. 196, aus: Gesammelte Werke in achtzehn Bänden. Herausgegeben vom Johannes-R.-Becher-Archiv der Deutschen Akademie der Künste zu Berlin. © Aufbau-Verlag Berlin und Weimar

Wolf Biermann. S. 236, Preußischer Ikarus. © 1978 by Verlag Kiepenheuer & Witsch Köln

Bertolt Brecht (1898-1956). S 202, S. 205, aus: Werke. Große kommentierte Berliner und Frankfurter Ausgabe in dreißig Bänden. Herausgegeben von Werner Hecht, Jan Knopf, Werner Mittenzwei und Klaus-Detlev Müller. Band 11: Gedichte 1. Bearbeitet von Jan Knopf und Gabriele Knopf. Band 12: Gedichte 2. Bearbeitet von Jan Knopf. Suhrkamp Verlag Frankfurt am Main 1988

Gottfried August Bürger (1747-1794). S. 15, aus: Werke und Briefe. Auswahl. Herausgegeben von Wolfgang Friedrich. Bibliographisches Institut, Leipzig [1958]

Adelbert von Chamisso (1781-1838). S. 78, S. 81, aus: Werke. Herausgegeben von Hermann Tardel. Band 1: Gedichte. Bibliographisches Institut, Leipzig, Wien [1907]

Matthias Claudius (1740-1815). S. 7, aus: Der Wandsbecker Bote. Insel Verlag Frankfurt am Main 1975

Franz Josef Degenhardt. S. 232, aus: Kommt an den Tisch unter Pflaumenbäume. Alte Lieder von Franz Josef Degenhardt. © C. Bertelsmann Verlag GmbH, München 1979. Die musikalischen Nutzungsrechte liegen beim Autor

Annette von Droste-Hülshoff (1797-1848). S. 102, S. 105, S. 107, aus: Sämtliche Gedichte. Insel Verlag Frankfurt am Main 1988

Joseph von Eichendorff (1788-1857). S. 88, aus: Werke in sechs Bänden. Herausgegeben von Wolfgang Frühwald, Brigitte Schillbach und Hartwig Schultz. Band 1: Gedichte, Versepen. Herausgegeben von Hartwig Schultz. Deutscher Klassiker Verlag Frankfurt am Main 1987 (Bibliothek Deutscher Klassiker 21)

Hans Magnus Enzensberger (geb. 1929). S. 229, aus: Mausoleum. Siebenunddreißig Balladen aus der Geschichte des Fortschritts. Suhrkamp Verlag Frankfurt am Main 1975

August Heinrich Hoffmann von Fallersleben (1798-1874). S. 122, aus: Gedichte und Lieder. Herausgegeben von H. Wendebourg und A. Gerbert. Hoffmann & Campe Verlag, Hamburg 1974

Theodor Fontane (1819-1898). S. 146, S. 149, S. 152, aus: Herr von Ribbeck auf Ribbeck. Gedichte und Balladen. Ausgewählt von Gottfried Honnefelder. Insel Verlag Frankfurt am Main und Leipzig 1992 (insel taschenbuch 1446)

Ferdinand Freiligrath (1810-1876). S. 134, aus: Werke in sechs Teilen. Herausgegeben von Julius Schwering. Band 1: Gedichte. Bong Verlag, Berlin, Leipzig, Wien, Stuttgart [1909]

Gustav Freytag (1816-1895). S. 142, aus: Gesammelte Werke. Verlag S. Hirzel. Leipzig 1896

Emanuel Geibel (1815-1884). S. 138, aus: Werke. Herausgegeben von Wolfgang Stammler. Band 1: Jugendgedichte. Band 2: Neue Gedichte. Bibliographisches Institut, Leipzig, Wien [1918-1920]

Stefan George (1868-1933). S. 166, aus: Werke. Zwei Bände. Herausgegeben von R. Boehringer. Klett-Cotta, Stuttgart, 4. Auflage 1984

Johann Wolfgang Goethe (1749-1832). S. 20, S. 24, S. 25, S. 28, aus: Sämtliche Werke, Briefe, Tagebücher und Gespräche in 40 Bänden. Erste Abteilung: Sämtliche Werke Band 1 und 2: Gedichte 1756-1799. Herausgegeben von Karl Eibl. Deutscher Klassiker Verlag,

Frankfurt am Main 1988 (Bibliothek Deutscher Klassiker 34)
Günter Grass (geb. 1927). S. 227, aus: Gesammelte Gedichte. Hermann Luchterhand Verlag, Darmstadt 1971
Karoline von Günderode (1780-1806). S. 71, aus: Gedichte. Herausgegeben von Franz Josef Görtz. Insel Verlag Frankfurt am Main 1985 (insel taschenbuch 809)
Friedrich Hebbel (1813-1863). S. 136, aus: Sämtliche Werke. Herausgegeben von Richard Maria Werner. Abteilung 1, Band 6: Dramen, Gedichte 1 (Gedichte 2). Band 7: Gedichte 3. Verlag Behr, Berlin 1911; 1913
Heinrich Heine (1797-1856). S. 110, S. 112, S. 114, S. 116, aus: Werke in vier Bänden. Mit einer Einleitung von Hans Mayer. Erster Band: Gedichte. Ausgewählt und herausgegeben von Christoph Siegrist. Insel Verlag Frankfurt am Main 1968
Johann Gottfried Herder (1744-1803). S. 13, aus: Sämtliche Werke. Herausgegeben von Bernhard Suphan. Band 25: Volkslieder. Weidmann Verlag, Berlin 1885
Georg Herwegh (1817-1875). S. 140, aus: Werke in drei Teilen. Herausgegeben von Hermann Tardel. Band 1, 2. Bong Verlag, Berlin, Leipzig, Wien, Stuttgart [1909]
Hugo von Hofmannsthal (1874-1929). S. 175, aus: Gesammelte Werke in Einzelausgaben. Herausgegeben von Herbert Steiner. Band 2: Gedichte und Lyrische Dramen. Bermann-Fischer Verlag AG, Stockholm 1946
Ernst Jandl (geb. 1925). S. 215, aus: Dingfest. Hermann Luchterhand Verlag, Darmstadt 1973
Erich Kästner (1899-1974). S. 210, aus: Gesammelte Schriften für Erwachsene. Atrium Verlag, Zürich 1969. © by Erich Kästner Erben, München
Klabund (d. i. Alfred Henschke) (1890-1928). S. 193, aus: Der himmlische Vagant. © 1968, 1978 by Verlag Kiepenheuer & Witsch Köln
Theodor Körner (1791-1813). S. 16, aus: Werke. Herausgegeben von Adolf Stern. Band 1: Gedichte. Deutsche Verlagsgesellschaft, Stuttgart [1890]
Karl Kraus (1874-1936). S. 171, aus: Schriften. Herausgegeben von Christian Wagenknecht. Band 9: Gedichte. Suhrkamp Verlag Frankfurt am Main 1989
Nikolaus Lenau (1802-1850). S. 124, S. 126, aus: Sämtliche Werke und Briefe. Herausgegeben von Walter Dietze. Band 1: Gedichte. Versepen. Insel-Verlag Anton Kippenberg, Leipzig 1970
Jakob Michael Reinhold Lenz (1751-1792). S. 32, aus: Werke und Briefe. Dritter Band: Briefe und Gedichte. Herausgegeben von Sigrid Damm. Insel Verlag Frankfurt am Main und Leipzig 1992
Detlev von Liliencron (1844-1909). S. 160, aus: Werke in zwei Bänden. Herausgegeben von Benno von Wiese. Erster Band. Gedichte, Epos. Insel Verlag Frankfurt am Main 1977
Conrad Ferdinand Meyer (1825-1898). S. 154, S. 156, aus: Sämtliche Werke. Herausgegeben von Hans Zeller und Alfred Zäch. Band 1-4: Gedichte. Benteli Verlag, Bern 1963/1964/1967/1975
Agnes Miegel (1879-1974). S. 178, aus: Gesammelte Balladen. Eugen Diederichs Verlag, Düsseldorf 1953.
Eduard Mörike (1804-1875). S. 130, S. 132, aus: Werke. Herausgegeben von Harry Mayne. Band 1: Gedichte. Bibliographisches Institut, Leipzig, Wien 1909
Erich Mühsam (1878-1934). S. 176, aus: Ausgewählte Werke in zwei Bänden. Herausgegeben von Christ Liebhirte, unter Mitarbeit von Roland Links und Dieter Schiller. Mit einem Nachwort von Dieter Schiller. Band 1: Gedichte, Prosa, Stücke. Verlag Volk & Welt, Berlin 1978. Abdruck mit freundlicher Genehmigung der Akademie der Künste, Berlin
Börries Freiherr von Münchhausen (1874-1945). S. 168, aus: Das Balladenbuch. Deutsche Verlags-Anstalt, Stuttgart 1950
August Graf von Platen (1796-1835). S. 98, aus: Sämtliche Werke. Herausgegeben von Max Koch und Erich Petzet. Band 2, I. Herausgegeben von Max Koch. Max Hesse Verlag, Leipzig [1910]
Joachim Ringelnatz (1883-1934). S. 184, aus: Und auf einmal steht es neben dir. Gesammelte Gedichte. Karl H. Henssel Verlag, Berlin 1950
Friedrich Rückert (1788-1866). S. 92, S. 94,

aus: Ausgewählte Werke. Herausgegeben von Annemarie Schimmel. Erster Band. Insel Verlag Frankfurt am Main 1988

Viktor von Scheffel (1826-1886). S. 158, aus: Werke. Herausgegeben von F. Panzer. Leipzig o. J.

Friedrich Schiller (1759-1805). S. 36, S. 42, S. 45, S. 51, aus: Sämtliche Gedichte in zeitlicher Reihenfolge. Herausgegeben von Jochen Golz. Insel Verlag Frankfurt am Main und Leipzig 1991

August Wilhelm Schlegel (1767-1845). S. 65, aus: Sämtliche Werke. Herausgegeben von Eduard Böcking. Band 1: Vermischte Gedichte. Band 2: Rhythmische Gedichte. Weidmann Verlag, Leipzig 1846

Christian Friedrich Daniel Schubart (1739-1791). S. 9, aus: Sämtliche Gedichte. Frankfurt am Main 1825

Kurt Schwitters. S. 185, aus: Das Literarische Werk. Herausgegeben von F. Lach. Dumont Buchverlag, Köln 1973

Karl Simrock (1802-1876). S. 127, aus: Ausgewählte Werke. Max Hesse Verlag, Leipzig [1907]

Theodor Storm (1817-1888). S. 145, aus: Sämtliche Werke in vier Bänden. Herausgegeben von Karl Ernst Laage und Dieter Lohmeier. Band 1: Gedichte, Novellen 1848-1867. Deutscher Klassiker Verlag Frankfurt am Main 1987 (Bibliothek deutscher Klassiker 19)

Kurt Tucholsky (1890-1935). S. 188, aus: Gesammelte Werke, Band III. Herausgegeben von M. Gerold-Tucholsky und Fritz J. Raddatz. Copyright © 1960 by Rowohlt Verlag GmbH, Reinbek

Ludwig Uhland (1787-1842). S. 84, S. 86, aus: Werke in zwei Bänden. Herausgegeben von Hans Rüdiger Schwab. Erster Band: Gedichte, Dramen, Versepik und Prosa. Insel Verlag Frankfurt am Main 1983

Frank Wedekind (1864-1918). S. 163, aus: Ich hab meine Tante geschlachtet. Lautenlieder und »Simplicissimus«-Gedichte. Herausgegeben von Manfred Hahn. Insel Verlag Frankfurt am Main 1982 (insel taschenbuch 655)

Erich Weinert (1890-1953). S. 194, aus: Gesammelte Gedichte in sechs Bänden. Herausgegeben von der Deutschen Akademie der Künste zu Berlin, unter Mitarbeit von Li Weinert, Bruno Kaiser, Walter Schulz und Erich Zenker. Band 6. © Aufbau-Verlag Berlin und Weimar 1970.

Josef Weinheber (1892-1945). S. 199, aus: Gedichte. Herausgegeben von F. Sacher. Hoffmann & Campe Verlag, Hamburg 1966. Abdruck mit freundlicher Genehmigung von Christian Weinheber-Janota

Franz Werfel (1890-1945). S. 190, aus: Das Lyrische Werk. Herausgegeben von A. D. Klarmann. S. Fischer Verlag GmbH, Frankfurt am Main 1967

Wolfgang Weyrauch (geb. 1907). S. 213, aus: Die Spur. Walter Verlag, Olten und Freiburg 1963: Abdruck mit freundlicher Genehmigung von Margot Weyrauch

Paul Zech (1881-1946). S. 182, aus: Rotes Herz der Erde. Arbeiterjugend-Verlag, Berlin 1929. Abdruck mit freundlicher Genehmigung des Greifenverlags in Rudolstadt